Recueil de Nouvelles

Biscuits et magie de Noël 2.0

Lyly L.

"C'est Noël : Il est grand temps de rallumer les étoiles."

Guillaume Apollinaire

À tous mes proches.

Voeux de Noël

L'arrivée des fêtes

Chloé, âgée de 37 ans et experte en conversations avec son chat, se retrouve une fois de plus face à l'approche des fêtes de fin d'année, aux questions incessantes sur son célibat et à l'impitoyable interrogatoire des proches. Les remarques fréquentes et soulignant sa situation singulière. "Tu nous emmènes quand ton amoureux au dîner de Noël ?" ou "Une fille comme toi, toujours célibataire, t'es un peu exigeante, non ?!" On dirait qu'elle est l'invitée surprise d'une émission de télé-réalité sur sa vie amoureuse.

Les mots bien intentionnés, mais parfois aussi tranchants qu'un sapin de Noël en plastique, semblent résonner dans l'esprit de Chloé, rappelant sa condition de femme seule. Elle aurait bien aimé que son chat, Monsieur Whiskers, réponde à sa place. Après tout, il était le témoin de toutes ses discussions, ses victoires et ses échecs. Peut-être qu'il pourrait même insérer quelques ronronnements subtils dans la conversation pour donner une touche de mystère.

Alors que mi-octobre s'installe et que les étagères des magasins se parent de guirlandes plus rapidement qu'une équipe de football en finale, Chloé tente de préserver un semblant de tranquillité. Elle espère échapper aux pressions sociales qui pèsent sur elle concernant sa vie amoureuse. Cependant, elle se rend compte que l'ambiance des fêtes s'infiltre progressivement dans les magasins et les rues, effaçant peu à peu la frontière entre octobre et décembre. C'est comme si ces prochaines semaines avaient décidé de prendre un Uber pour rejoindre les fêtes de décembre.

Les publicités de Noël surgissent de partout, inondant le quotidien de Chloé. Les rayons des supermarchés se remplissent de décorations et de chocolats festifs, reléguant presque la fête d'Halloween au second plan. L'atmosphère de fin d'année semble s'installer de plus en plus tôt, donnant l'impression à Chloé que les festivités de Noël se dérouleront bientôt en plein milieu de l'été. "Attendez, attendez, on est en quelle saison là ?" se demande-t-elle en cherchant désespérément une boule de Noël dans son sac de plage.

Mais, lorsqu'elle observe les autres clients dans les magasins, elle constate que cette ambiance de Noël précoce ne semble pas déranger les gens. En fait, on dirait qu'ils l'ont accueillie à bras ouverts. Lors de ses achats à l'occasion des ventes privées chez Séphora, elle surprend un couple en train de discuter des cadeaux qu'ils prévoient d'offrir à leurs proches pour Noël. L'idée de répartir les dépenses sur une plus longue période lui paraît astucieuse, allégeant ainsi la pression financière habituelle du mois de décembre. C'est comme si elle assistait à une conférence sur la gestion budgétaire de Noël en direct.

Malgré sa volonté de garder le sourire et de ne pas céder à la pression ambiante, Chloé ne peut s'empêcher de ressentir un pincement au cœur en pensant aux prochaines fêtes. Les souvenirs des années précédentes remontent à la surface, rappelant les moments chaleureux passés en famille. Elle se remémore les rires, les discussions animées, les plats savoureux et l'échange de cadeaux. Ces souvenirs lui rappellent à quel point elle aime cette période de l'année, mais aussi à quel point elle aspire à partager ces moments précieux avec un compagnon aimant. "Bon, au moins, je n'ai pas besoin de partager ma bûche de Noël avec quelqu'un d'autre", se dit-elle en cherchant le côté positif.

Mais cette année, la tristesse vient s'immiscer dans les pensées de Chloé. Elle réalise qu'elle sera encore seule lors des fêtes, sans un partenaire à ses côtés pour partager un baiser sous le gui ou pour se perdre dans les lumières scintillantes. Monsieur Whiskers aura le droit à des câlins exclusifs. Malgré sa résignation face aux questions et aux remarques sur son célibat, elle ne peut s'empêcher de se sentir un peu triste de ne pas pouvoir être accompagnée d'un homme charmant et de se cacher derrière son écharpe pour se protéger du froid et des questions gênantes.

Cependant, Chloé se console en se rappelant que le temps est encore de son côté. Elle garde en tête l'idée que les fêtes de fin d'année peuvent être le théâtre de rencontres inattendues et de surprises amoureuses. Peut-être qu'elle pourrait rencontrer quelqu'un au détour d'une allée de sapins, au stand des bougies parfumées, ou même en participant à une guerre de boules de neige digne d'une scène de film romantique. Elle se surprend à imaginer des rencontres fortuites, des regards échangés au coin d'une rue enneigée, et à rêver d'une romance aussi belle et touchante que celles des films de Noël à l'eau de rose qu'elle affectionne tant. "Et qui sait, peut-être que je trouverai mon propre prince charmant... ou au moins un bonhomme de neige bien bâti", murmure-t-elle en laissant échapper un petit rire.

L'amour au coeur des fêtes

Mi-octobre s'est rapidement transformé en novembre, et les préparatifs des fêtes ont pris leur envol. Les rues se sont parées de mille lumières scintillantes, les vitrines des magasins ont revêtu leurs plus beaux atours festifs, et l'excitation des gens commençait à se faire sentir dans l'air. Si les décorations étaient une équipe de foot, elles seraient certainement les gagnantes du championnat mondial de l'éclat.

Mais pour Chloé, une question persistait : comment vivre pleinement l'esprit des fêtes lorsque l'on est célibataire depuis si longtemps ? Même son chat semblait lui lancer des regards interrogateurs, comme s'il ne comprenait pas pourquoi elle n'amenait pas un humain à la maison pour le combler de cadeaux et de croquettes.

Les soirées en famille, les moments chaleureux passés avec les proches, les rires partagés et les cadeaux soigneusement choisis étaient des éléments que Chloé appréciait particulièrement pendant cette période de l'année. Pourtant, il y avait toujours cette petite pointe d'amertume qui accompagnait ces moments de joie. C'est un peu comme manger une délicieuse part de gâteau au chocolat tout en sachant que la cerise n'est pas au rendez-vous.

Alors qu'elle observait ses amis et ses proches, qui semblaient tous avoir trouvé leur partenaire idéal, formant des couples heureux et épanouis, Chloé ne pouvait s'empêcher de ressentir un léger sentiment de manque. Elle avait l'impression d'être assise dans un coin avec une guirlande lumineuse, attendant désespérément que quelqu'un vienne la brancher.

Mais elle avait tout de même son sens de l'humour pour la soutenir. Les oncles et tantes bien intentionnés, les cousins curieux et même les amis proches semblaient tous vouloir comprendre pourquoi Chloé n'avait pas encore trouvé l'amour. On aurait dit une réunion secrète d'enquêteurs, à essayer de résoudre le mystère de la célibataire épanouie mais désespérément seule. Bien qu'elle souriait, répondant avec une pointe d'humour pour détourner l'attention, ces interrogations répétées lui rappelaient l'absence d'un partenaire avec qui partager ces moments spéciaux.

Un après-midi, alors qu'elle préparait des biscuits au gingembre dans la cuisine, sa mère entra avec un sourire espiègle.

- Chérie, j'ai entendu dire que tes biscuits au gingembre sont devenus les confidents de ton cœur solitaire.

Chloé laissa échapper un petit rire.

- Eh bien, oui, maman, tu pourrais dire ça. Ils connaissent tous mes secrets et mes rêves de rencontrer l'homme idéal entre deux fournées.

Sa mère fit mine de réfléchir, un doigt sur la joue.

- Hmm, peut-être que nous devrions ajouter une pincée de cannelle et une cuillerée d'optimisme à la prochaine fournée. Qui sait, peut-être que cela aidera à faire éclore une romance de Noël dans ton cœur.

Chloé lui lança un regard amusé.

- Maman, je ne suis pas sûre que mon four ait le pouvoir de faire des miracles romantiques. Mais bon, si ça pouvait m'éviter de brûler les biscuits, je suis partante.

Sa mère éclata de rire et lui donna une petite tape affectueuse sur l'épaule.

- Tu as raison, ma chérie. Les miracles romantiques ne se trouvent pas nécessairement dans la pâte à biscuits. Ils peuvent surgir lorsque tu t'y attends le moins. En attendant, pourquoi ne pas profiter de ces moments de préparation des fêtes avec ta mère ? C'est aussi une manière de créer de beaux souvenirs.

Chloé hocha la tête, un sourire reconnaissant sur les lèvres.

-   Tu as raison, maman. Après tout, qui sait ce que l'avenir nous réserve ? Peut-être que je rencontrerai mon âme sœur entre les décorations du marché de Noël.

Sa mère posa une main tendre sur la sienne.

-   Exactement, ma chérie. En attendant, concentrons-nous sur ces biscuits au gingembre qui sont, je l'espère, la clé pour ouvrir les portes du bonheur romantique.

Chloé rit et se mit à pétrir la pâte avec sa mère, un mélange de parfums de Noël et d'espoir remplissant l'air. Quoi qu'il en soit, avec ou sans l'amour, une chose était certaine : il y aurait une abondance de délicieux biscuits pour nourrir son estomac et son optimisme.

La rencontre inattendue

Le mois de novembre avançait rapidement, et avec lui, l'effervescence des préparatifs de Noël prenait de l'ampleur. Chloé se laissait emporter par cette atmosphère magique qui enveloppait la ville. Les rues étaient décorées avec goût, des guirlandes lumineuses illuminaient chaque coin, et les marchés de Noël se mettaient en place, offrant une multitude d'étals remplis de trésors festifs.

Chloé adorait flâner dans les rues animées, observant les passants s'activer pour trouver le cadeau parfait, le sapin idéal, ou encore les ingrédients pour un festin de Noël inoubliable. Les échoppes regorgeaient de boules étincelantes, de couronnes parfumées et de figurines enneigées, créant une ambiance féerique. Elle ne pouvait s'empêcher de sourire en imaginant ces objets décorant bientôt son propre chez-soi.

Dans cette ambiance chaleureuse, Chloé décida de se lancer dans les préparatifs de Noël avec une énergie renouvelée. Elle se mit à écrire une liste détaillée des cadeaux à acheter pour sa famille et ses amis, prenant soin de noter les goûts et les passions de chacun. Pour elle, offrir un cadeau significatif était une façon de montrer son amour et son attention envers les personnes qui lui étaient chères. Et l'année prochaine elle tentera de s'y mettre plus tôt !

Elle consacra des heures à parcourir les boutiques, cherchant l'inspiration et les cadeaux parfaits pour chaque être cher. Les librairies étaient ses repaires préférés, et elle se laissait souvent emporter par les histoires envoûtantes des romans. Elle aimait imaginer le sourire sur le visage de ses proches en découvrant les présents qu'elle avait choisis avec soin.

Mais malgré son enthousiasme, Chloé ne pouvait s'empêcher de ressentir une pointe de tristesse lorsque ses achats se limitaient aux membres de sa famille et à ses amis. Elle rêvait de trouver quelqu'un de spécial avec qui partager cette période enchantée. Une personne avec qui échanger des cadeaux, préparer ensemble de délicieux repas et se blottir près du feu en savourant l'ambiance magique de Noël.

Cependant, Chloé savait qu'elle ne pouvait pas se contenter d'attendre que l'amour frappe à sa porte. Elle décida de prendre les choses en main et de s'inscrire sur une application de rencontres : Last ! Une de ses amies lui en avait parlé. C'est une application qui normalement oblige les messieurs à envoyer le premier message. Elle créa un profil, mettant en avant sa personnalité, ses passions et son amour pour les fêtes de fin d'année. Elle espérait secrètement que cette démarche lui permettrait de rencontrer quelqu'un de spécial avant Noël.

Les jours passèrent, et Chloé commença à discuter avec quelques personnes intéressantes en ligne. Elle échangeait des messages, découvrait les histoires et les personnalités de ces inconnus qui pourraient éventuellement devenir des compagnons de Noël. Bien qu'elle appréciait les conversations et les échanges, elle gardait les pieds sur terre, consciente que la magie des fêtes ne pouvait pas être forcée. Et puis finalement, aucun de ces matchs ne lui donnait envie de passer le cap d'un vrai premier rendez-vous.

Parallèlement à ses explorations en ligne, Chloé s'impliquait pleinement dans les traditions de Noël. Elle passait des soirées entières à décorer son appartement avec des guirlandes scintillantes, à installer un sapin parfumé et à disposer des bougies aux douces senteurs hivernales. Chaque recoin de son chez-soi était imprégné de l'esprit festif qui l'animait. Monsieur Whiskers devenait fou avec toutes les boules et les guirlandes !!!

Elle prit plaisir à cuisiner de délicieux biscuits et à préparer des plats traditionnels pour les fêtes. Les parfums de cannelle, de vanille et d'épices embaumaient sa cuisine, créant une atmosphère chaleureuse et réconfortante. Les saveurs de Noël étaient pour elle une manière de créer une ambiance conviviale et de se rapprocher de ceux qu'elle aimait.

Chloé se rendit également à plusieurs événements de Noël organisés dans sa ville. Elle assista à des concerts de chants de Noël, déambula dans les marchés de Noël et se laissa envoûter par les spectacles de rue. Ces moments partagés avec d'autres personnes qui célébraient la magie des fêtes lui rappelaient qu'elle n'était pas seule dans sa quête de l'amour et du bonheur.

Au fil des semaines, l'esprit de Noël imprégnait de plus en plus sa vie. Chloé sentait son cœur s'emballer à l'idée des festivités à venir. Elle se surprenait à rêver d'une rencontre inattendue, d'un regard complice échangé au détour d'une allée de sapins, ou d'une conversation captivante avec un inconnu lors d'une soirée de Noël.

Mais plus que tout, Chloé se rendait compte que l'essence de Noël résidait dans l'amour et la générosité qu'elle pouvait offrir à ceux qui l'entouraient. Elle s'efforçait de faire preuve d'une présence attentionnée, d'écoute et de bienveillance envers sa famille et ses amis. Elle réalisait que l'amour n'était pas uniquement lié à une relation amoureuse, mais qu'il pouvait prendre de multiples formes, y compris l'amitié et l'affection familiale.

Avec l'approche de décembre, Chloé savait que les festivités allaient atteindre leur apogée. Elle espérait que ces moments magiques lui réserveraient encore de belles surprises et peut-être même l'amour tant attendu. Mais quel que soit le dénouement de cette période enchantée, Chloé était déterminée à vivre pleinement chaque instant, à apprécier les petits bonheurs de la vie et à ouvrir son cœur à toutes les possibilités que les fêtes pouvaient lui offrir.

Alors que Chloé swipait sur son application de rencontre un soir sans vraiment d'espoir, elle tomba sur le profil de Lucas. Il avait ce je ne sais quoi sur ses photos… Elle décide de tenter un match en glissant son doigt vers la gauche. Et c'est un match !!! Elle ne voulait pas passer à côté de ce grand brun aux yeux bleus !!! En cherchant un peu sur internet, elle trouva comment forcer l'application et se lança immédiatement dans l'écriture d'un message :

"Salut Lucas ! J'ai vu que tu étais un explorateur de mondes littéraires et de vraies destinations aussi. Quel est le dernier livre qui a réussi à te kidnapper pour un voyage ?"

Même pas besoin d'attendre, Chloé voit apparaître trois petits points sur son écran, Lucas lui répond déjà...

"Salut Chloé ! Ah, tu as capturé mon secret : je suis en fait un agent secret des mots. Le dernier livre qui m'a kidnappé était "L'Énigme du Chat de Bibliothèque". Je me suis retrouvé piégé entre les pages, en train de résoudre des énigmes et de sauver le monde littéraire. Et toi, quel livre t'a récemment fait voyager ?"

S'ensuit un long dialogue entre Chloé et Lucas...

Chloé: Ah, un agent secret des mots, c'est exactement ce que je recherchais dans un interlocuteur ! "L'Énigme du Chat de Bibliothèque" semble être le genre de mission que je ne pourrais pas refuser. Récemment, j'ai été catapultée dans "L'Amour a des Rouages", une romance historique où les protagonistes communiquent uniquement par des lettres secrètes. J'avoue, je voulais aussi essayer le code secret des biscuits au gingembre, mais ça n'a pas marché aussi bien.

Lucas: Ah, les codes secrets des biscuits, c'est de niveau expert, je crois. "L'Amour a des Rouages" sonne comme une intrigue digne d'un film d'espionnage romantique. En parlant d'espionnage, si tu pouvais voyager n'importe où demain, où irais-tu ?

Chloé: Parfaitement, j'ai encore beaucoup à apprendre dans le domaine des codes biscuits. Si je pouvais voyager n'importe où, je pense que je me laisserais tenter par une aventure dans les rues tortueuses de Venise. J'imagine déjà les courses en gondole et les tentatives désastreuses pour parler italien. Et toi, quelle destination délirante serait sur ta liste ?

Lucas: Venise, c'est un bon choix ! De mon côté, je pense que je serais probablement envoyé en mission secrète à la recherche de la fontaine de jouvence en Amazonie. Non pas parce que je veux rester jeune pour toujours, mais parce que j'ai un sérieux problème de sens de l'orientation et que les chemins de la jungle seraient le parfait terrain pour me perdre.

Chloé: Haha, je vois, tu as raison, la jungle serait un excellent endroit pour aiguiser tes compétences en orientation – et peut-être même pour trouver des plantes secrètes pour améliorer les codes biscuits. En parlant de secrets, un lutin est venu me dire que tu es un fan inconditionnel de Noël. As-tu déjà fait un bonhomme de neige qui ressemble à un agent secret ?

Lucas: Haha, malheureusement, mes compétences en sculpture de neige ne sont pas dignes d'une couverture de magazine secret. Mais je fais de mon mieux pour cacher mes talents culinaires et mon amour pour les marchés de Noël. Et toi, quelles sont tes traditions festives secrètes ?

Chloé: Oh, mes talents secrets ? Eh bien, je suis une experte en déballage de cadeaux sans déchirer le papier, et j'ai réussi à m'échapper des chœurs de chants de Noël sans éveiller de soupçons. C'est mon super-pouvoir festif. En parlant de super-pouvoirs, peut-être pourrions-nous continuer cette conversation autour d'une tasse de café ou d'une montagne de guimauves dans un marché de Noël ?

Lucas: Haha, je ne savais pas qu'il y avait des diplômes pour les talents secrets, mais je suis impressionné ! Un marché de Noël sonne comme le lieu idéal pour mettre nos super-pouvoirs à l'épreuve. Que penses-tu de samedi prochain, 18 heures, au marché de Noël principal ?

Chloé: Tu es sur la bonne voie, il y a toute une école secrète pour ça. Samedi à 18 heures au marché de Noël, c'est noté. Prépare-toi à voir un déballage de talents festifs comme jamais auparavant !

Lucas: J'ai hâte d'être témoin de ces super-pouvoirs festifs en action ! D'ici là, profite bien de la préparation magique des fêtes.

Chloé: Merci, Lucas ! À bientôt et prépare-toi à être ébloui par le papier cadeau parfaitement déplié.

Le samedi soir arriva enfin, et Chloé avait l'estomac qui papillonnait plus fort que les guirlandes scintillantes du marché de Noël. Les rues brillaient d'une intensité presque suspecte, comme si chaque ampoule s'était donnée le mot pour que cette soirée soit vraiment spéciale. Elle avait un plan bien en tête – repérer Lucas, tenter de ne pas trébucher sur son propre enthousiasme et éviter de se renverser un verre de chocolat chaud sur elle-même. Simple, non ?

Elle repéra rapidement Lucas, qui l'attendait près de l'entrée du marché. La première pensée qui lui traversa l'esprit fut : « Bon, au moins je ne me suis pas trompée de personne. ». Son sourire charmeur ressemblait étrangement à sa photo de profil, et il était aussi grand qu'un sapin de Noël du Montana. Quand leurs regards se croisèrent, Chloé se retint de faire une petite danse de victoire – il n'y avait rien de plus gênant que de trébucher en tentant de réaliser une pirouette festive.

Les salutations furent des plus chaleureuses, accompagnées d'une quantité non négligeable de papotages enthousiastes. Chloé se rendit vite compte qu'elle ne pouvait pas contrôler le débit de ses paroles – c'était comme si elle avait absorbé toute la décoration verbale du marché et qu'elle la libérait à vitesse grand V. Lucas semblait totalement à l'aise, un contraste bienvenu face à sa propre nervosité en mode « Père Noël sous caféine ».

Ils déambulèrent parmi les étals, commentant les décorations et échangeant des blagues sur les bonhommes de neige en chocolat. Chloé ne put s'empêcher de lâcher un rire lorsque Lucas essaya de marchander avec le vendeur de guirlandes lumineuses. « Peut-être qu'il pense vraiment que le Père Noël est son cousin éloigné », se dit-elle en lui jetant un regard amusé.

Alors que la soirée avançait, les mains de Chloé et de Lucas se frôlèrent quelquefois accidentellement, bien sûr, comme si leurs mains avaient décidé de faire leur propre numéro de danse malgré eux. La neige commença à tomber doucement, créant une scène digne d'une publicité de Noël pour une carte de vœux.

Ils se retrouvèrent sur une petite place éclairée par des lumières scintillantes, où un orchestre jouait des chants de Noël avec une passion qui faisait presque concurrence à celle de Chloé pour les biscuits au gingembre. Alors que la musique emplissait l'air, Lucas tenta maladroitement d'imiter les pas de danse du Père Noël, et Chloé ne put s'empêcher de rire. Elle avait l'impression d'être dans une comédie romantique. Le genre où les personnages principaux dansent maladroitement dans la neige tout en riant de bon cœur.

Est-ce que le père Noël a décidé de gâter Chloé quelques semaines avant Noël? Jamais elle n'aurait cru faire une aussi belle rencontre et aussi rapide !

Les préparatifs enchantés

Les semaines qui avaient suivi la rencontre de Chloé avec Lucas étaient une sorte de mélange entre une comédie romantique et un épisode de "La Grande Évasion". Chloé se sentait comme si elle était dans un film, sauf que cette fois-ci, les effets spéciaux étaient remplacés par des étincelles de joie et des éclats de rire. Même Monsieur Whiskers avait pu se rendre compte de cette magie autour de Chloé.

Alors qu'ils se lançaient dans les préparatifs de Noël, ils avaient autant d'énergie qu'un groupe de lutins après une tasse de café bien corsé. Lucas, qui n'avait probablement pas besoin de café pour être enthousiaste dès le matin, était la source inépuisable d'énergie positive qui faisait briller les jours sombres d'hiver.

- OK, Chloé, j'ai une proposition révolutionnaire pour les décorations de cette année, annonça Lucas, avec un sourire espiègle.
- Je t'écoute , répondit Chloé, les yeux pétillants de curiosité.

- Sapin de Noël... en chaussettes. Ouais, tu as bien entendu. On enfile des chaussettes multicolores sur une structure en forme de sapin et le tour est joué !

Chloé ne put s'empêcher de rire. Heureusement, son appartement était déjà décoré depuis un long moment...

- Lucas, tu es en train de redéfinir les règles de la décoration de Noël ! J'adore l'idée de chaussettes multicolores, mais peut-être que nous pourrions aussi ajouter quelques ornements traditionnels ? Mais cela me semble une très bonne idée pour ton appartement.

Lucas fit semblant de réfléchir profondément.

- D'accord, d'accord, quelques ornements traditionnels en plus. Mais je veux au moins une paire de chaussettes lumineuses.

Et ainsi, ils se lancèrent dans la décoration du sapin de Noël, combinant l'originalité de Lucas avec le charme classique des ornements traditionnels. Le résultat était un sapin qui ressemblait à une œuvre d'art moderne, avec des touches de folie et des éclats de tradition.

Leur périple pour les achats de leurs cadeaux avait été une aventure à part entière. Chloé et Lucas étaient comme deux détectives, essayant de décoder les goûts et les désirs de l'un et de l'autre à partir de quelques indices épars. Ils se sont aventurés dans les magasins avec la détermination d'un chasseur de trésor, cherchant des cadeaux qui feraient briller les yeux de leurs proches.

- OK, imagine que tu es un pyjama et que tu veux vraiment être porté par cette personne. Comment tu te sentirais ? demanda Lucas, tenant un pyjama en peluche d'un air sérieux.

Chloé éclata de rire.

- Eh bien, si j'étais un pyjama, je suppose que je voudrais être doux, confortable et prêt à passer une nuit de rêve.

Lucas hocha la tête avec une expression sérieuse.

- C'est exactement ce que je pensais. Ce pyjama est dans le club des cadeaux parfaits !

Les après-midis passés dans la cuisine étaient une véritable comédie culinaire. Alors qu'ils tentaient de préparer des plats sophistiqués, ils se retrouvaient souvent à créer des œuvres d'art accidentelles avec de la farine et des légumes volants. Chloé et Lucas étaient comme deux chefs de cuisine en herbe, jonglant avec des spatules et des fouets comme s'ils étaient en train de réaliser un numéro de cirque.

- Tu es sûr que ce gâteau ressemble à ça dans la recette ? demanda Chloé, en observant le gâteau qui avait l'air de s'être échappé d'un film d'horreur.

Lucas haussa les épaules avec désinvolture.

- Eh bien, disons que c'est une interprétation artistique. La créativité, tu sais !

Et bien sûr, il y avait les fameux biscuits de Noël. Essayer de reproduire des formes parfaites était un peu comme essayer de dessiner un cercle parfait avec une main tremblante. Cependant, leurs biscuits en forme d'étoiles ressemblaient plutôt à des étoiles filantes, et leurs bonhommes de neige avaient l'air d'avoir eu une fête un peu trop animée.

- Nos biscuits sont comme des œuvres d'art abstraites, non ? dit Chloé, en regardant les formes biscornues avec amusement. Pourtant j'ai l'habitude d'en faire et ils sont plutôt bien réussis normalement.

Lucas acquiesça.

- Absolument, c'est de l'art comestible.

Pour marquer cette rencontre plus qu'innatendue, ils décidèrent de partir quelques jours avant les fêtes en montage. Leur séjour dans le chalet avait été une aventure hivernale digne d'un film romantique. Ils avaient essayé de construire un bonhomme de neige qui avait l'air plus déterminé à faire de la luge, et leurs batailles de boules de neige se transformaient rapidement en éclats de rire incontrôlables.

- Tu es plutôt douée pour les batailles de boules de neige, dit Lucas, en essuyant la neige de son visage.

Chloé lui lança un regard malicieux.

- Eh bien, disons que c'est le résultat de nombreuses années de pratique secrète.

Les jours qui avaient suivi avaient été une célébration de moments chaleureux et de découvertes enneigées. Chloé et Lucas avaient dévalé les pentes enneigées, s'amusant comme des enfants dans un parc d'attractions géant. Lucas avait réussi à créer un ange parfait dans la neige, tandis que la tentative de Chloé avait ressemblé à une mystérieuse créature des neiges.

- Eh bien, ce n'est pas tout à fait un ange, mais peut-être que c'est un ange des neiges en vacances, dit Chloé en riant.

Lucas la regarda avec un sourire espiègle.

- Ou peut-être que c'est le cousin éloigné de l'ange, le fameux ange des neiges, connu pour sa propension à apparaître uniquement en hiver.

Après cette courte pause enneigée, il était l'heure de rentrer et de retrouver leurs proches. Encore beaucoup trop tôt pour les présentations aux parents, ils fêteront Noël chacun de leur côté mais se retrouveront pour le 31 décembre.

Leur soirée du réveillon était une combinaison de plats délicieux et de rires partagés. Alors qu'ils dégustaient leur festin, ils se lancèrent dans des conversations animées sur les choses les plus bizarres qu'ils avaient faites pendant les fêtes.

- J'ai essayé de cuisiner une dinde une fois, mais elle a fini par ressembler à une créature extraterrestre, avoua Lucas avec un sourire coupable.

Chloé se mit à rire.

- Et moi, j'ai une fois essayé de construire un château en pain d'épices, mais il s'est effondré comme s'il avait été touché par un tremblement de terre miniature.

Ils éclatèrent tous les deux de rire, comme si chaque échec culinaire était devenu un petit trésor de souvenirs.

Les fêtes étaient devenues une comédie romantique vivante, un mélange de moments magiques et de situations cocasses. Alors qu'ils partageaient des rires, des repas délicieux et des aventures hivernales, Chloé se rendit compte que l'amour était aussi absurde et imprévisible que le chemin tortueux d'une boule de neige en descente.

Et dans cette comédie de Noël qu'était devenue sa vie, Lucas était le protagoniste qui avait rendu chaque instant digne d'un applaudissement.

Finalement

Un an avait passé depuis ce Noël qui avait laissé Chloé et Lucas dans un état de félicité contagieuse. Comme le temps file, Chloé avait l'impression d'avoir suivi un marathon tout en portant des talons hauts. Cependant, elle n'avait pas l'ombre d'une hésitation en ce qui concernait le coureur qu'elle avait choisi pour ce marathon, même s'il n'était pas vraiment en tenue de jogging.

Leur amour avait fait des acrobaties dignes d'un cirque depuis ce Noël mémorable. Entre les éclats de rire et les moments touchants, ils avaient créé une symphonie d'émotions qui aurait mérité d'être enregistrée dans les annales. Monsieur Whiskers a lui-même adopté Lucas.

Chloé, une vraie acrobate des fourneaux désormais grâce à ses aventures culinaires avec Lucas, avait même réussi à préparer un soufflé qui n'a pas ressemblé à un ballon de foot cette fois-ci. Lucas, le cheerleader numéro un de Chloé, la soutenait avec des encouragements qui feraient pâlir d'envie tous les coachs sportifs.

Tout au long de l'année, ils avaient accumulé des souvenirs plus précieux que des pépites d'or dans une mine. De Paris à Rome, chaque voyage avait été une chance de découvrir de nouvelles cultures, de nouvelles cuisines et, soyons honnêtes, de nouveaux mots pour « Bonjour » et « Merci ». Si seulement Chloé pouvait retenir ces salutations aussi bien qu'elle se souvenait des paroles d'une chanson pop des années 90.

La carrière de Chloé avait aussi fait des galipettes sous les applaudissements enthousiastes de Lucas. Elle avait gravi les échelons, transformant son poste de bureau en montagne à conquérir. Sa capacité à jongler entre les réunions et les défis professionnels était devenue aussi impressionnante que le jonglage d'un clown dans un cirque. Heureusement, il y avait moins de gâteaux à la crème impliqués.

Évidemment, ce n'était pas tout un long fleuve tranquille. Entre deux rires, ils avaient aussi dû faire face à des querelles de couple qui auraient pu faire pâlir d'envie les scénaristes de sitcoms. Rien de tel pour renforcer une relation que de débattre passionnément sur la meilleure façon de plier les serviettes à la manière d'un grand débat politique.

L'approche des fêtes de fin d'année avait rallumé leur enthousiasme pour les décorations et les cadeaux. Cette année, ils avaient même décidé de créer leur propre série de Noël : « The Great Baking Showdown ». Chloé et Lucas se transformaient en pâtissiers en herbe, rivalisant pour concocter les desserts les plus élaborés, avec plus de suspens que dans une série policière à énigme.

La nuit de Noël avait fini par arriver, et Chloé était aussi excitée qu'un écureuil devant une montagne de noisettes. Mais c'était Lucas qui avait prévu la surprise la plus magique cette fois-ci. Il avait organisé une escapade à New York, la ville qui ne dort jamais, juste pour pimenter les choses et, soyons honnêtes, ajouter un peu de drame digne d'un film romantique hollywoodien.

Alors qu'ils se baladaient à travers les rues étincelantes de New York, Chloé se sentait comme une enfant dans un parc d'attractions géant, prête à sauter de joie à chaque coin de rue. Les décorations lumineuses et les chants de Noël lui faisaient tourner la tête plus vite qu'un manège à sensation forte.

Et puis, dans un coin pittoresque de Central Park, Lucas s'arrêta soudainement, comme si quelqu'un avait appuyé sur la télécommande de la vie et mis le film en pause. Chloé le regarda avec étonnement, comme si elle attendait qu'il dise « Action » à tout moment.

C'est alors qu'il sortit une boîte de sa poche, et Chloé sentit son cœur battre la chamade, comme si elle était la vedette d'une telenovela. Elle écouta à peine les mots romantiques et touchants qu'il prononça, trop occupée à se demander si son mascara était toujours en place malgré les larmes de joie qui lui montaient aux yeux.

- Chloé, veux-tu m'épouser ? demanda Lucas, comme s'il était sur le point de recevoir un prix Nobel.

Chloé se remit enfin de sa torpeur et répondit d'une voix tremblante mais heureuse :

- Lucas, je t'aime plus que toutes les pâtisseries du monde. Bien sûr que je veux t'épouser !

Les passants se mirent à applaudir, comme si Central Park était devenu une scène de théâtre impromptue. La bague brillante scintillait autant que les décorations de Noël, et Chloé se sentait comme si elle venait de décrocher le gros lot à la loterie de l'amour.

Après cette demande en mariage digne d'une comédie romantique, Chloé et Lucas continuèrent de célébrer dans les rues animées de New York. Ils se lancèrent dans une série de défis culinaires, essayant tout ce que la ville avait à offrir, du hot-dog à la pizza en passant par les bagels. Après tout, c'était comme ça qu'ils prévoyaient de rouler, avec des défis à relever et des surprises à découvrir à chaque coin de rue.

Leur séjour à New York fut comme un tourbillon de rires, de glaces à la cannelle et de moments partagés sous les étoiles scintillantes. Les rues de la ville étaient devenues leur terrain de jeu, et chaque rire partagé était un pas de danse dans le rythme de leur amour grandissant.

Quand ils rentrèrent chez eux, ils avaient des souvenirs étincelants et des étoiles dans les yeux. Chloé et Lucas avaient choisi de mettre en avant les moments joyeux et les moments d'amour, comme si leur histoire était un buffet à volonté de bonheur.

La demande en mariage à New York avait été le clou de leur histoire d'amour jusqu'à présent, une preuve éclatante de leur engagement l'un envers l'autre. C'était comme si quelqu'un avait appuyé sur le bouton « repeat » pour les moments heureux, et Chloé était plus que prête à profiter de chaque instant avec Lucas.

Et ainsi, ils se lancèrent dans un nouveau chapitre de leur conte de fées moderne. Ils savaient que la vie pouvait être une comédie romantique un jour et un drame le lendemain, mais ils étaient prêts à affronter tous les rebondissements main dans la main.

Alors que Chloé se remémorait les semaines précédant Noël, elle ne pouvait s'empêcher de sourire devant le chemin parcouru. Avec Lucas à ses côtés, elle avait découvert que l'amour était un mélange exquis de rires, de larmes, de biscuits brûlés et de moments magiques. Et dans ce conte de fées moderne, elle était prête à tout, du moment que Lucas était à ses côtés et Monsieur Whiskers aussi bien sûr !

"Je ferai honneur à Noël dans mon cœur et j'essaierai de le garder toute l'année."

Charles Dickens

Un nouveau job !

Prise de poste

Léa, une femme dynamique et déterminée, avait toujours eu une passion pour le monde de la santé. Depuis son plus jeune âge, elle était fascinée par le monde médical et aspirait à aider les autres. Avec un diplôme d'infirmière en poche depuis 10 ans, elle avait acquis une solide expérience dans différents services de l'hôpital. Léa était reconnue pour sa compétence et son dévouement envers ses patients, mais elle ressentait également le besoin de contribuer de manière plus large. C'est pourquoi elle avait décidé de se lancer dans une carrière de cadre de santé, espérant ainsi apporter des changements positifs à l'échelle organisationnelle. Avec son bagage de connaissances et son esprit entreprenant, Léa était prête à relever tous les défis qui se présenteraient à elle dans son nouveau poste.

7 Mars 2023. Je prends mon courage à deux mains et je me dirige la tête haute vers mon nouveau bureau. Tout le long du chemin, je repense à mon parcours et à mes dernières années : un diplôme d'infirmière en poche depuis 10 ans, j'ai beaucoup évolué. Depuis le premier jour passé sur le banc de l'école d'infirmier, je savais que j'irais loin... Mais chaque chose en son temps...

Au bout de 8 ans d'exercice dans des services techniques tels que le bloc opératoire, la salle de réveil et la réanimation, il était temps pour moi de retourner à l'école. J'ai décidé de me lancer dans un diplôme universitaire, puis un master 2, tous deux spécialisés dans le management en santé. Je me préparais ainsi à entamer une carrière de cadre de santé.

Cependant, à force d'enchaîner les responsabilités et de toujours me sentir submergée, j'ai pris une décision radicale : dire adieu à l'hôpital. Je trouvais le travail trop difficile, soumis à une pression constante et ne disposant pas des moyens nécessaires pour effectuer mon travail dans de bonnes conditions. Je ne pouvais plus continuer dans cette voie. Mais pourtant, seulement 3 ans après avoir tout plaqué, une envie viscérale me pousse à retenter une expérience à l'hôpital.

Au cours de ces 3 années d'éloignement, j'ai eu l'occasion de rencontrer une directrice des soins qui semblait partager les mêmes valeurs que moi : la bienveillance et l'envie de faire évoluer les équipes. Un matin, j'ai donc pris mon téléphone et appelé la directrice pour lui demander si un poste de cadre de santé était disponible à l'hôpital. C'était un coup de tête, certes, mais parfois il faut se lancer de grands défis dans la vie.

Il était 8h lorsque j'ai ouvert la porte de mon bureau, prenant ainsi possession de ce nouvel espace de travail. J'ai inspiré profondément, sentant une vague de nervosité et d'excitation me parcourir. C'était le début d'une nouvelle aventure, et j'étais déterminée à faire de mon mieux.

Mon bureau était spacieux et lumineux, avec une vue imprenable sur la ville. Je me sentais déjà inspirée, prête à relever les défis qui m'attendaient. Je me suis installée devant mon ordinateur et j'ai commencé à parcourir les documents et les dossiers qui étaient déjà sur mon bureau. Je voulais me familiariser avec mon nouveau rôle et les responsabilités qui m'étaient confiées.

Au fur et à mesure que les jours s'écoulaient, je me sentais de plus en plus à l'aise dans mon nouvel environnement. Je m'intégrais progressivement à mon équipe, qui m'accueillait chaleureusement et m'offrait son soutien. Je remarquais également que la directrice des soins, celle qui m'avait inspirée à revenir à l'hôpital, était présente et attentive à mes besoins. Cela renforçait ma confiance et me donnait encore plus de motivation pour faire du bon travail.

Je me consacrais pleinement à mon nouveau rôle de cadre de santé. Je gérais les plannings, organisais les réunions d'équipe, et veillais à ce que tous les membres de mon équipe aient les ressources et le soutien nécessaires pour accomplir leurs tâches. J'apportais une touche personnelle à mon travail, mettant en pratique les valeurs qui me sont chères : l'écoute, l'empathie et le respect.

Peu à peu, je commençais à constater les premiers résultats de mon travail. Mon équipe était plus motivée, plus engagée et les relations entre les différents services de l'hôpital s'amélioraient. J'étais fière de contribuer à cette évolution positive et de voir l'impact que je pouvais avoir en tant que cadre de santé.

Bizarrement, je ne ressentais plus aucune appréhension en allant au travail le matin, comme j'avais pu le vivre lors de ma première journée. Au contraire, je me levais chaque matin avec enthousiasme et motivation, prête à relever de nouveaux défis. Je me sentais à ma place, épanouie dans mon nouveau rôle.

J'ai réalisé que cette nouvelle expérience à l'hôpital était bien plus qu'un simple emploi. C'était une opportunité de faire une réelle différence dans le système de santé, d'améliorer les conditions de travail pour les professionnels de santé et de garantir des soins de qualité aux patients.

Le temps a passé rapidement, et bientôt j'ai réalisé que j'avais trouvé ma voie. J'avais réussi à trouver un équilibre entre mon désir d'aider les autres et ma volonté de faire évoluer les pratiques de santé. Chaque jour était une nouvelle opportunité de grandir, d'apprendre et de contribuer à une cause qui me tenait à cœur.

Mon nouveau job m'a offert bien plus que ce que j'avais espéré, et je me sens prête à faire face à tous les défis à venir.

Des copines

Au fil des semaines, je commençais à tisser des liens étroits avec mes collègues de travail. Parmi eux, deux femmes, Clara et Sophie, devinrent rapidement mes amies proches. Nous partagions non seulement le même environnement de travail, mais aussi des intérêts communs et une vision similaire de notre rôle en tant que professionnelles de la santé.

Clara, une infirmière expérimentée, était connue pour sa joie de vivre et son sens de l'humour. Elle était toujours prête à égayer les journées de travail avec ses blagues et ses anecdotes. Sophie, de son côté, était une jeune infirmière pleine d'énergie et de détermination. Elle avait une approche dynamique et innovante de son travail, toujours à la recherche de nouvelles méthodes pour améliorer les soins aux patients.

Nous nous retrouvions souvent toutes les trois lors de nos pauses déjeuner, partageant des moments de convivialité et d'échanges enrichissants.

Clara: Léa, tu ne devineras jamais ce qui m'est arrivé hier ?! J'ai fait la blague du siècle à l'un de mes patients. Il était tellement triste, et j'ai réussi à lui redonner le sourire avec ça.

Léa: Vraiment, Clara ? Raconte-moi tout, je suis sûre que c'était hilarant.

Clara: Alors voilà, j'entre dans la chambre, et je vois ce patient qui semble vraiment abattu. Je m'approche de lui et je lui dis : "Savez-vous pourquoi les poissons n'aiment pas jouer au tennis ? Parce qu'ils ont peur des filets !" Et là, tu devrais voir sa réaction, il a éclaté de rire pendant au moins cinq minutes !

Sophie: Clara, tu es incroyable ! Tu arrives toujours à mettre de la bonne humeur partout où tu vas. C'est vraiment une qualité que j'admire chez toi.

Clara: Merci, Sophie. Toi aussi, tu apportes tant d'énergie positive dans notre équipe. C'est un vrai plaisir de travailler avec vous deux.

Léa: Je me sens tellement chanceuse de vous avoir comme amies ici. Vous m'avez vraiment aidée à m'intégrer et à me sentir à l'aise dans ce nouvel environnement. Je ne peux pas imaginer ma vie professionnelle sans vous.

En dehors du travail, nous organisions régulièrement des sorties entre copines. Nous allions au cinéma, faisions du shopping ou simplement nous retrouvions autour d'un café pour discuter de tout et de rien. Ces moments de détente étaient précieux pour nous, nous permettant de nous ressourcer et de nous soutenir mutuellement.

Noël approchait à grands pas, et les trois amies décidèrent de préparer ensemble une fête de fin d'année mémorable.

Clara: Les filles, j'ai une idée ! Pourquoi ne pas réserver une table dans un restaurant chaleureux pour notre fête de Noël ? On pourrait se retrouver, manger de délicieux plats et profiter de l'ambiance festive.

Sophie: J'adore cette idée, Clara ! Un dîner de Noël entre amies, ça serait vraiment spécial. Qu'en dis-tu, Léa ?

Léa: Je suis partante à 100 % ! Ce serait merveilleux de célébrer ensemble cette période magique. Je vais me charger de réserver la table dès maintenant.

Le jour de la fête arriva enfin. Je me préparai avec soin, choisissant une tenue élégante pour l'occasion. Je rejoignis Clara et Sophie devant le restaurant, où nous fûmes accueillies par l'odeur alléchante des plats de saison et par l'ambiance joyeuse qui régnait dans l'établissement.

Clara: Regardez comme l'endroit est magnifique ! Les lumières, la décoration, tout est parfait pour une soirée magique.

Sophie: Absolument ! Je suis tellement heureuse d'être ici avec vous deux. C'est notre soirée, les filles, profitons-en au maximum !

Tout au long de la soirée, nous partageâmes des rires, des discussions animées et de délicieux mets de Noël.

Léa: Les filles, j'ai une confession à vous faire. Je ne m'attendais pas à ce que ce soit aussi formidable de travailler avec vous. Vous avez apporté tellement de bonheur dans ma vie.

Clara: Oh, Léa, tu es adorable ! Nous ressentons exactement la même chose. Tu es une amie précieuse pour nous.

Sophie: Léa, tu es une collègue exceptionnelle et une amie fantastique. Je suis tellement reconnaissante de t'avoir dans ma vie.

Alors que la soirée avançait, je remarquai un homme élégant assis à une table voisine. Il était grand, avec des cheveux bruns soigneusement coiffés et des yeux perçants. Il semblait concentré sur son repas, mais de temps en temps, il jetait des regards discrets dans ma direction.

Clara: Hé, Léa, regarde là-bas. Tu ne trouves pas cet homme mystérieux plutôt intrigant ?

Sophie: Oh oui, je l'ai remarqué aussi. Peut-être que c'est le destin qui te met sur son chemin, Léa.

Intriguée, je ne pouvais m'empêcher de remarquer sa présence. Clara et Sophie remarquèrent également cet homme et échangèrent un sourire complice avec moi. Ce n'est que plus tard que je comprendrais pourquoi il y avait ce petits échanges de regards entre mes 2 complices.

Elles savaient que j'étais célibataire depuis un certain temps et espéraient secrètement que je trouve le bonheur dans ma vie amoureuse.

Alors que la soirée touchait à sa fin, je me levai avec détermination. Je m'approchai de la table de l'homme, mon cœur battant la chamade. Je le saluai avec un sourire timide, introduisant la conversation.

Léa: Bonsoir, excusez-moi de vous déranger. Je vous ai remarqué tout au long de la soirée, et je me demandais si je pourrais vous rejoindre pour un instant.

Nicolas: Bien sûr, je serais ravi de discuter avec vous. Vous êtes Léa, n'est-ce pas ? J'ai entendu parler de vous par Clara et Sophie, mes collègues.

Ce fut le début d'une conversation captivante, où nous partagions nos passions, nos rêves et nos expériences de vie. Je découvris que l'homme s'appelait Nicolas et était médecin dans le même hôpital que moi. L'étonnement se lisait sur mon visage alors que je réalisais que Nicolas connaissait Clara et Sophie, mes amies et collègues proches.

Léa: C'est incroyable ! Je n'aurais jamais imaginé que nous avions autant de connexions. C'est vraiment un petit monde.

Nicolas: En effet, c'est une agréable surprise de vous rencontrer. J'ai entendu tellement de bien de vous par Clara et Sophie. Elles m'ont dit à quel point vous étiez talentueuse et sympathique.

Cette découverte nous rapprochait davantage. Je me sentais à la fois surprise et rassurée de savoir que Nicolas était déjà intégré dans mon cercle professionnel. J'avais confiance en mes amies et savais qu'elles ne me présenteraient pas quelqu'un qui ne serait pas à la hauteur.

Alors que la nuit avançait, Nicolas et moi continuâmes à discuter, créant un lien de complicité et d'attraction. Nous étions captivés l'un par l'autre, nos regards se fixant avec une intensité électrisante. Une connexion profonde semblait s'être formée entre nous, comme si le destin avait voulu nous réunir en cette période de Noël.

À la fin de la soirée, nous échangèrent nos numéros de téléphone, promettant de nous revoir bientôt. Je rejoignis Clara et Sophie, mon visage rayonnant de bonheur.

Léa: Les filles, devinez quoi ? J'ai fait connaissance avec Nicolas, le mystérieux homme de la table voisine. Et vous savez quoi ? Il travaille dans le même hôpital que nous !

Clara: Oh, Léa, c'est incroyable ! Je suis tellement contente pour toi. Je savais que quelque chose de spécial se préparait.

Sophie: Léa, c'est fantastique ! Je suis si heureuse pour toi. Je suis convaincue que vous êtes faits l'un pour l'autre.

De retour chez moi, je m'endormis avec un sourire aux lèvres, rêvant de ce nouveau chapitre qui s'ouvrait dans ma vie. J'étais remplie d'espoir et d'excitation, me demandant où cette histoire avec Nicolas nous mènerait.

Le coup de foudre inattendu avait illuminé ma vie, ajoutant une dimension magique à la période de Noël. Je savais que les prochains jours seraient remplis d'émotions et de surprises, et j'étais prête à embrasser cette nouvelle aventure avec tout mon cœur.

Un verre

Les semaines passaient rapidement et mon excitation grandissait. Après le coup de foudre avec Nicolas lors de la soirée avec Sophie et Clara, nous avions commencé à nous connaître davantage. Chaque conversation renforçait notre connexion, et nous découvrions de plus en plus de points communs entre nous. J'avais tellement hâte de passer plus de temps avec lui et d'explorer cette nouvelle relation.

Un soir, après une longue journée de travail, je reçus un message de Nicolas me proposant de nous retrouver pour prendre un verre. J'acceptai avec joie, sentant l'excitation monter en moi. Nous nous mîmes d'accord pour nous retrouver dans un petit café du centre-ville, un endroit cosy et chaleureux.

J'arrivai un peu en avance et m'installai à une table près de la fenêtre. L'atmosphère était agréable, avec une douce musique en fond sonore et des lumières tamisées. J'observais les passants dans la rue, impatiente de voir arriver Nicolas.

Quelques instants plus tard, la porte du café s'ouvrit, laissant entrer Nicolas. Il avait un sourire éclatant sur le visage en me voyant. Il s'approcha de la table et m'enveloppa d'une étreinte chaleureuse.

Je me sentais à la fois nerveuse et excitée, me demandant comment la soirée allait se dérouler.

Léa: Bonsoir Nicolas ! Je suis contente de te voir.

Nicolas: Moi aussi, Léa. Tu es rayonnante ce soir.

Nous commandâmes nos boissons et commençâmes à discuter de nos journées respectives. J'étais captivée par les histoires de Nicolas en tant que chirurgien, tandis qu'il écoutait attentivement mes expériences en tant que cadre de santé. Nous partagions une passion commune pour notre travail et nous comprenions les défis auxquels nous étions confrontés au quotidien.

Au fil de la conversation, nous nous confiâmes sur des sujets plus personnels.

Léa: Tu sais, Nicolas, j'ai toujours eu cette ambition de faire une différence dans le domaine de la santé. J'aimerais vraiment contribuer à l'amélioration du système de santé.

Nicolas: Je comprends parfaitement. Moi aussi, je veux apporter mon soutien aux patients et faire en sorte qu'ils aient accès aux meilleurs soins possibles. Mais il est aussi important de trouver un équilibre entre notre carrière et notre vie personnelle.

Nous nous sentions à l'aise l'un avec l'autre, comme si nous nous connaissions depuis longtemps.

Le temps semblait s'envoler alors que nous discutions, riions et partagions des moments complices.

Léa: Tu sais, Nicolas, je suis vraiment heureuse. Je me sens bien avec toi, comme si j'avais trouvé quelqu'un qui me comprend et m'accepte telle que je suis.

Nicolas: Je ressens la même chose, Léa. Tu es spéciale pour moi, et j'ai hâte de voir où cette relation va nous mener.

Alors que la soirée touchait à sa fin, nous nous promîmes de nous revoir bientôt.

Léa: Je ne veux pas que cette soirée se termine. Je veux continuer à te connaître, Nicolas.

Nicolas: Moi aussi, Léa. Je suis impatient de découvrir ce que l'avenir nous réserve.

Nous échangeâmes un baiser tendre et nous séparâmes, les yeux pétillants d'excitation pour ce qui allait suivre.

Je rentrais chez moi avec un sourire radieux. J'étais remplie de gratitude pour cette belle soirée et pour l'opportunité d'avoir rencontré quelqu'un d'aussi spécial. Je me sentais vivante et prête à vivre chaque instant de cette nouvelle relation.

Les jours qui suivirent furent remplis de messages, d'appels et de rendez-vous entre Nicolas et moi. Nous passions du temps ensemble, découvrant nos passions communes et explorant de nouveaux endroits. Chaque rencontre renforçait notre lien et nous rapprochait davantage.

Je partageais régulièrement les nouvelles de ma relation avec Clara et Sophie, qui étaient ravies pour moi. Elles me soutenaient pleinement et me prodiguaient des conseils précieux. Je me sentais chanceuse d'avoir des amies aussi merveilleuses à mes côtés.

Noël approchait à grands pas, et Nicolas et moi prévoyions de passer cette période spéciale ensemble. Nous envisagions de faire un voyage à la montagne pour profiter de l'ambiance festive et de la magie de Noël. J'étais excitée à l'idée de vivre cette expérience avec Nicolas, de créer de nouveaux souvenirs et de renforcer notre relation pendant cette période enchantée.

Ma vie avait pris un tournant inattendu et merveilleux. Mon nouveau job m'avait non seulement apporté une carrière épanouissante, mais aussi des amitiés solides et un amour naissant. J'étais reconnaissante pour chaque instant et j'attendais avec impatience la suite de cette belle aventure.

Mauvaise idée

Léa était sur un petit nuage depuis qu'elle avait rencontré Nicolas. Chaque jour passé avec lui était empli de bonheur et de complicité. Leur relation évoluait rapidement, et Léa se sentait de plus en plus attachée à lui. Cependant, au fond d'elle, une petite voix d'inquiétude commençait à se faire entendre.

Le fait de tomber amoureuse de quelqu'un qui travaillait dans le même hôpital était une source de préoccupation pour Léa. Elle connaissait les défis et les complications que cela pouvait entraîner. Les relations amoureuses sur le lieu de travail pouvaient être délicates, et les conséquences d'une rupture pouvaient avoir un impact sur le bien-être émotionnel et professionnel des personnes impliquées.

Léa avait vu des histoires d'amour se transformer en drames dans le passé, et elle ne voulait pas que cela se reproduise. Elle chérissait son travail et ne voulait pas risquer de compromettre sa carrière à cause d'une relation amoureuse. Mais en même temps, elle ne pouvait pas nier les sentiments intenses qu'elle éprouvait pour Nicolas.

Elle décida d'en parler à Clara et Sophie, ses amies proches et collègues. Elles se retrouvèrent un après-midi dans un café, prêtes à l'écouter et à lui donner des conseils.

Léa: Les filles, j'ai quelque chose d'important à vous dire. Je suis préoccupée par ma relation avec Nicolas. Le fait de tomber amoureuse d'un collègue peut être risqué, et je ne sais pas comment gérer cette situation.

Clara: Oh, Léa, je comprends tes inquiétudes. Les relations amoureuses sur le lieu de travail peuvent être un vrai défi. J'ai déjà vu des situations où ça finissait mal, et ça peut vraiment affecter l'environnement professionnel.

Sophie: Je suis d'accord avec Clara, c'est vrai que ça peut être compliqué. Mais Léa, tu ne peux pas ignorer ce que tu ressens pour Nicolas. Si vous êtes vraiment faits l'un pour l'autre, ça peut valoir le coup de prendre le risque.

Léa: C'est justement ça le problème. Je suis partagée entre mes sentiments pour Nicolas et mes craintes des conséquences que cela pourrait avoir. Je ne sais pas quelle décision prendre.

Clara: Écoute, Léa, je pense qu'il est important de peser les avantages et les inconvénients. Les conflits d'intérêts et les ragots peuvent vraiment nuire à l'environnement de travail, et ça peut aussi impacter ta concentration et ta carrière. Il faut que tu en tiennes compte.

Sophie: Mais Léa, tu ne peux pas laisser la peur dicter tes choix amoureux. Parfois, l'amour vaut le risque, et il y a des histoires d'amour qui réussissent même au travail. Je connais plusieurs couples qui sont ensemble depuis longtemps et qui travaillent dans le même environnement.

Léa: Je vous comprends toutes les deux, et je sais que vous avez toutes les deux raison à votre manière. Je dois prendre une décision qui me convient le mieux. Mais je ne peux pas ignorer mes sentiments pour Nicolas, ils sont trop forts.

Les jours passèrent et Léa continua à voir Nicolas. Leur relation s'intensifiait de jour en jour, et elle se sentait plus amoureuse que jamais. Ils partageaient des moments précieux ensemble, se soutenant mutuellement dans leur travail et leur vie personnelle. Mais malgré leur bonheur, les préoccupations de Léa restaient présentes.

Un matin, Léa se rendit à l'hôpital avec un poids sur le cœur. Elle savait qu'elle devait prendre une décision, même si elle redoutait les conséquences. Elle se retrouva face à face avec Nicolas dans le couloir et décida de lui parler de ses préoccupations.

Léa: Nicolas, est-ce que je peux te parler un instant ? J'ai quelque chose d'important à te dire.

Nicolas: Bien sûr, Léa. Qu'est-ce qui se passe ?

Ils s'installèrent dans un endroit calme et Léa exprima toutes ses inquiétudes. Elle lui parla de ses peurs de voir leur relation affecter leur travail, de la pression sociale et des possibles ragots. Nicolas l'écouta attentivement, comprenant les doutes de Léa.

Nicolas: Léa, je comprends tes craintes et je les partage dans une certaine mesure. Mais je crois aussi en notre amour et en notre capacité à gérer les défis qui se présenteront. Je suis prêt à soutenir ta carrière et à trouver un équilibre entre notre vie professionnelle et notre relation.

Cette conversation apaisa partiellement les craintes de Léa, mais elle savait qu'il y aurait encore des obstacles à surmonter. Elle devait être prête à faire face aux conséquences éventuelles et à faire preuve de maturité pour gérer les difficultés qui pourraient survenir.

Les semaines suivantes furent à la fois remplies de moments de bonheur et de défis. Léa et Nicolas continuaient à s'aimer profondément, mais ils faisaient également face aux regards curieux et aux commérages. Ils restaient forts, s'appuyant l'un sur l'autre et sur leurs amitiés solides avec Clara et Sophie.

Léa comprit que l'amour ne venait pas sans son lot de sacrifices et de compromis. Elle était prête à affronter les difficultés pour préserver cette relation spéciale qu'elle avait avec Nicolas. Elle était déterminée à faire en sorte que leur amour grandisse, tout en préservant leur carrière et leur bien-être émotionnel.

Questionnements

Alors que les mois passaient, je me suis rendu compte qu'il était bien trop compliqué de rester avec Nicolas et de travailler dans le même hôpital... J'ai donc pris la décision d'y mettre un terme. Mais, croiser Nicolas tous les jours m'est devenu presque insoutenable. J'avais l'impression de ne jamais réussir à tourner la page sur cette histoire. En même temps, comment faire lorsqu'on croise son grand amour tous les jours dans les couloirs ?

Chaque matin, en arrivant à l'hôpital, mon cœur se serre à l'idée de le voir. Les souvenirs de notre relation, les moments de complicité et de bonheur partagés me reviennent en mémoire. Je me sens déchirée entre le désir de le retrouver et la douleur de savoir que nous ne sommes plus ensemble.

J'ai essayé de me convaincre que je pouvais continuer à travailler dans cet environnement, que je pouvais ignorer mes sentiments et me concentrer uniquement sur ma carrière. Mais chaque interaction, chaque regard échangé avec Nicolas réveille en moi cette intense nostalgie et cette envie de revenir en arrière.

Quelques semaines après ma rupture, la solution s'est présentée à moi. J'ai reçu une proposition de mutation à Bangkok. Mon supérieur hiérarchique m'a informée qu'une opportunité intéressante s'était présentée dans un hôpital réputé de la capitale thaïlandaise. Cette proposition est une reconnaissance de mon travail et de mes compétences, une occasion de progresser dans ma carrière.

Je me suis retrouvée face à un dilemme. D'un côté, j'étais attirée par cette opportunité professionnelle qui pourrait ouvrir de nouvelles portes et me permettre de me dépasser. D'un autre côté, je me souvenais des difficultés que j'avais rencontrées en mélangeant amour et travail avec Nicolas. J'avais peur de répéter les mêmes erreurs et de sacrifier ma vie personnelle pour ma carrière.

J'ai passé des nuits entières à réfléchir, à peser le pour et le contre. Je me demandais si j'étais prête à tout laisser derrière moi, y compris mes nouvelles amitiés avec Clara et Sophie, pour me lancer dans cette aventure à l'autre bout du monde. Je me demandais si cela en valait vraiment la peine, si j'allais réellement être plus épanouie en me concentrant uniquement sur ma carrière.

Les doutes et les questionnements m'assaillaient. Je me posais des questions sur le sens de ma vie, sur ce qui était vraiment important pour moi. Je me demandais si j'étais prête à faire des compromis pour atteindre mes objectifs professionnels ou si je devais chercher un équilibre entre ma vie personnelle et ma carrière.

Je me suis tournée vers Clara et Sophie, mes amies proches, pour obtenir des conseils. Elles m'ont écoutée attentivement et m'ont fait part de leurs propres expériences et réflexions sur la question. Clara m'a rappelé l'importance de suivre mes aspirations professionnelles et de saisir les opportunités qui se présentaient. Sophie, quant à elle, a souligné l'importance de ne pas négliger ma vie personnelle et mes relations.

Ces échanges avec mes amies m'ont aidée à clarifier mes pensées. J'ai réalisé que chaque personne avait des priorités différentes et que la réponse à mes questions résidait en moi-même. Je devais me connaître et me faire confiance pour prendre la décision qui me correspondrait le mieux.

Après de longues réflexions et des nuits d'insomnie, j'ai finalement pris ma décision. J'ai décidé d'accepter l'opportunité de partir à Bangkok et de laisser derrière moi mon travail et ma relation passée avec Nicolas. Je savais que cela serait difficile, mais j'étais prête à faire face aux défis et à me donner une nouvelle chance de tourner la page.

Cette décision m'a apporté un sentiment de soulagement et de confiance en moi. J'ai trouvé ma voie, celle qui me permettra de concilier mes aspirations professionnelles et mes relations personnelles. Je sais que le chemin ne sera pas facile, mais je suis déterminée à suivre ma propre voie.

Les semaines qui ont suivi ma décision ont été remplies de moments de réajustement. J'ai dû trouver un moyen de coexister avec Nicolas tout en préservant ma tranquillité d'esprit. Nous nous saluons poliment dans les couloirs, mais nous évitons les conversations trop personnelles.

Clara et Sophie continuent à être présentes pour moi, me soutenant dans mes choix et me rappelant l'importance de prendre soin de moi-même. Nous passons des soirées ensemble, partageant nos joies et nos peines, et cela me rappelle à quel point je suis chanceuse d'avoir des amies aussi merveilleuses.

Je réalise que la vie est faite de compromis et d'ajustements. Il y aura toujours des défis à relever, que ce soit sur le plan professionnel ou personnel. Mais en acceptant cette opportunité à Bangkok, j'ai pris une décision qui me permet de maintenir un équilibre entre mes différentes sphères de vie.

Je m'efforce de me concentrer sur ma carrière, de donner le meilleur de moi-même dans mon travail tout en prenant le temps de cultiver mes relations et de prendre soin de ma vie personnelle. Je découvre que l'équilibre est un processus constant, qui demande de l'attention et de l'adaptation.

Les mois passent, et je constate que ma décision a été la bonne pour moi. Je me sens épanouie dans mon travail, et j'ai réussi à trouver une paix intérieure en acceptant que certaines choses ne se passent pas toujours comme prévu. Je suis fière de la personne que je suis devenue, de la force que j'ai trouvée en moi pour faire face aux défis de la vie.

Bien sûr, il y a encore des moments où je repense à Nicolas et à notre histoire. Mais au fond de moi, je sais que j'ai fait le bon choix. J'ai pris une nouvelle direction qui m'a permis de me reconstruire et de me concentrer sur mon épanouissement personnel et professionnel.

Je ne sais pas ce que l'avenir me réserve, mais je suis prête à l'affronter avec confiance et détermination. Je sais maintenant que je suis capable de prendre des décisions importantes pour moi-même, et je suis impatiente de voir ce que le chemin de la vie me réserve.

Et ainsi, je continue mon parcours, avec la certitude que j'ai trouvé ma voie et que je suis prête à affronter les hauts et les bas de la vie, tout en préservant mon équilibre et ma sérénité intérieure.

Happy End

Plusieurs mois s'étaient écoulés depuis que j'avais accepté une mutation à Bangkok. J'avais pris la décision difficile de quitter mon travail à l'hôpital où j'avais rencontré Nicolas. J'avais réalisé que mélanger l'amour et le travail n'était pas une bonne idée, et j'avais besoin de prendre du recul pour me concentrer sur ma carrière et ma propre vie. L'excitation du début et l'impression d'avoir fait le bon choix n'étaient plus aussi évidentes. Mais pourquoi se posait-on toujours autant de questions ?

Noël approchant à grands pas, cette période synonyme de moments passés avec la famille et les amis ne me facilitait pas la tâche. Je me sentais seule dans cette ville étrangère. Malgré le plaisir de découvrir de nouveaux horizons, il me manquait quelque chose de spécial, une connexion profonde avec quelqu'un qui me comprenait. J'ai décidé de me connecter sur une application de rencontres dans l'espoir de rencontrer de nouvelles personnes et de créer des liens.

En parcourant les profils, j'ai été surprise de voir le visage familier de Nicolas sur l'application. Je n'avais plus eu de nouvelles de lui depuis mon départ de Paris, et j'étais curieuse de savoir comment il se portait. J'ai hésité un instant, me demandant si je devais le contacter ou non, mais finalement, j'ai décidé de lui envoyer un message.

Léa : Nicolas, est-ce vraiment toi sur cette application ?

Nicolas : Léa ? Je n'arrive pas à croire que c'est toi ! Comment vas-tu ? Ça fait tellement longtemps.

Léa : Oui, ça fait une éternité ! Je vais bien, je suis à Bangkok maintenant. Et toi, comment se passe ta vie à Paris ? Que fais-tu à Bangkok ?

Nicolas : Ça va bien. J'ai progressé dans ma carrière et j'ai trouvé un bon équilibre entre le travail et ma vie personnelle. Je ne m'attendais pas à tomber sur toi sur cette application... J'ai passé quelques jours à Bangkok pour l'enterrement de vie de jeune garçon de mon meilleur pote, je suis déjà rentré à Paris. Je peux t'avouer quelque chose : tu me manques !

Léa : Tu me manques aussi. Je suis heureuse de voir que tu as réussi à trouver cet équilibre. On pourrait peut-être se revoir quand je serai de passage à Paris pour les vacances de Noël.

Nicolas : Ça serait génial ! Je serais ravi de te revoir. On pourrait se retrouver dans notre café préféré et rattraper le temps perdu.

Léa : Ça marche, c'est une date alors ! J'ai hâte de te revoir, Nicolas.

Nicolas : Moi aussi, Léa. On a beaucoup de choses à se dire.

Au fur et à mesure des messages échangés, je me suis rendu compte que les sentiments que j'éprouvais pour Nicolas étaient toujours présents, même à des milliers de kilomètres de distance. Nous avons décidé finalement de nous revoir lorsque je serai de passage à Paris pour les vacances de Noël.

Le jour de nos retrouvailles est enfin arrivé. Je me sentais à la fois nerveuse et excitée à l'idée de revoir Nicolas après tout ce temps. Nous nous sommes donné rendez-vous dans un café pittoresque, décoré de guirlandes lumineuses et de boules de Noël étincelantes. Mon cœur battait la chamade en attendant son arrivée.

Quand il est entré dans le café, le sourire qu'il m'a adressé a fait fondre mon cœur. Nous nous sommes serrés dans les bras l'un de l'autre, savourant ce moment de retrouvailles tant attendu. J'ai réalisé qu'il n'y avait pas de distance ou de temps qui pouvaient effacer les sentiments que nous avions l'un pour l'autre.

Nous avons passé la soirée à nous remémorer nos meilleurs souvenirs, à rire et à partager nos espoirs et nos rêves pour l'avenir. J'étais enchantée de découvrir que Nicolas avait continué à se développer professionnellement et qu'il avait trouvé un équilibre entre son travail et sa vie personnelle.

Alors que la soirée touchait à sa fin, Nicolas et moi savions que nous avions une décision difficile à prendre. Étions-nous prêts à nous donner une nouvelle chance, malgré les difficultés que nous avions rencontrées dans le passé ? Après une longue discussion, nous avons décidé de nous laisser guider par nos sentiments et de nous donner une nouvelle opportunité d'être ensemble.

Sur un coup de tête, j'ai décidé de ne pas rentrer à Bangkok et de rester à Paris pour poursuivre ma relation avec Nicolas. Me voilà sans appartement et sans travail. J'avais appris que l'amour était parfois compliqué, mais je croyais en notre capacité à surmonter les obstacles et à construire une vie ensemble. Faire une telle rencontre n'arrive qu'une seule fois dans sa vie, alors que des opportunités de travail je pourrais en avoir encore beaucoup !

Notre histoire d'amour a repris là où elle s'était arrêtée, mais cette fois-ci avec une compréhension plus profonde et une volonté de faire face aux défis qui se présenteraient. Je savais que la route ne serait pas facile, mais j'étais prête à faire face aux difficultés avec Nicolas à mes côtés.

Noël est devenue notre saison préférée, remplie de souvenirs chaleureux, de moments d'intimité et de célébrations en famille et entre amis. Nous étions reconnaissants de nous être retrouvés et de pouvoir construire un avenir ensemble, où l'amour et le travail pourraient coexister harmonieusement.

"À Noël, il est tout aussi important d'ouvrir notre cœur que d'ouvrir nos cadeaux."

Janice Maeditere

Terrain glissant (suite)

(Avec la participation de Nicephore)

Chapitre 1 : Hortense et Aurélien

Hortense et Aurélien se sont rencontrés il y a plusieurs mois déjà... L'hiver dernier pour être plus précis. Un match plus qu'improbable sur une application de rencontre. Du côté d'Aurélien, c'est à cause de ses copains qu'il s'est retrouvé sur Last. Du côté d'Hortense, disons que si elle n'avait pas bu autant lors d'une soirée avec des copines, elle ne se serait jamais arrêtée sur le profil d'Aurélien...

Les semaines ont laissé place à des mois... Les premières fois se sont transformées en routine... Mais tous les premiers moments n'ont pas encore vécu..., Et il y en a un qui pourrait bien rendre la soirée un peu tendue : le premier Noël !

Lui

L'hiver dernier, lorsque j'ai croisé le regard d'Hortense pour la première fois, je n'aurais jamais imaginé que nous en serions ici, un an plus tard, à l'aube de célébrer notre anniversaire et notre premier Noël ensemble. Il faut être honnête, qui pourrait vraiment penser qu'on puisse faire une belle rencontre sur une application de rencontre. D'autant que celle-ci n'était vraiment pas prévue. Un jour il faudrait que je remercie mes potes et puis peut-être aussi l'alcool.

Cette année sera spéciale, car nous allons non seulement célébrer notre premier Noël ensemble, mais aussi rencontrer nos familles respectives. Je me rappelle encore le sourire éclatant d'Hortense lorsqu'elle m'a dit combien elle était enthousiaste à l'idée de rencontrer ma famille et de partager ce moment avec moi.

Trêve de nostalgie… Je dois sortir acheter le vin pour le dîner chez mes parents. Hortense s'est proposée de faire un dessert. J'ai un peu l'impression de m'être fait avoir, je me retrouve avec une mission presque impossible ! Je ne sais pas pourquoi Hortense est si persuadée que je suis un bon connaisseur. Peut-être est-elle encore complètement sous mon charme et n'a-t-elle pas encore identifié mes défauts. En même temps, heureusement !!! Sinon elle m'aurait quitté depuis un sacré moment !

Alors que j'avais enfin réussi à sortir de chez moi, muni de tout l'attirail de l'aventurier du Pôle Nord, mon téléphone s'est mis à sonner. Un passant a eu peur lorsqu'il m'a entendu grogner. Mais a-t-il déjà essayé d'utiliser un écran tactile avec d'énormes moufles à la place d'une main ? Un appel de mes parents. Je me suis arrêté pour répondre, laissant échapper un nuage de vapeur blanche dans l'air glacial.

- Maman, Papa, comment ça va ? ai-je demandé, un peu exaspéré qu'ils m'appellent maintenant.
- Ça va, mon chéri, a répondu ma mère. N'oublie pas que tu es chargé d'acheter la médaille pour le

baptême de la fille de ton meilleur ami, d'ailleurs je suis sûre que tu t'en es déjà occupé. Je voulais juste être sûre.

Je me suis figé, réalisant que j'avais complètement oublié cette mission. Le froid semblait encore plus intense alors que je ressentais un mélange de panique et de culpabilité.

- La médaille du baptême ? Oh non, je l'avais totalement oubliée ! Comment ai-je pu... ?

Ma mère a ri doucement de l'autre côté de la ligne. "Ne t'inquiète pas, Aurélien. Je suis sûre que tu trouveras quelque chose de magnifique. Prends ton temps. Et pour le vin, rappelle-toi que c'était aussi une suggestion d'Hortense. Peut-être que tu devrais lui demander des recommandations pour la médaille également."

J'ai poussé un soupir de soulagement mêlé de gratitude. "Merci, Maman. Je vais m'en occuper. Et pour le vin, vous n'avez pas à vous inquiéter non plus."

Après avoir raccroché, j'ai continué ma quête dans le froid, en essayant de garder à l'esprit les goûts de chacun pour choisir le vin parfait. Entre-temps, les souvenirs de notre première rencontre avec Hortense et les promesses d'un Noël spécial étaient toujours présents dans mon esprit, me réchauffant malgré le froid glacial qui m'entourait. Peut-être que je devrais demander à Hortense si elle a des talents cachés en matière de médailles, en plus de ses compétences en dessert.

Elle

Enfin un Noël que je vais pouvoir fêter en amoureux et pas en mode solo à devoir répondre aux questions relous de mes oncles et tantes sur mon célibat !!!

J'ai tellement hâte qu'il ouvre son cadeau demain soir et de voir ses yeux briller… Enfin j'espère qu'il aura cette occasion, parce que je me suis bien cassée la tête à lui trouver le truc qui lui ferait plaisir : un vinyle d'un des concerts de Mötorhead…

On a décidé de faire le 24 chez mes parents et le 25 chez les siens… il s'occupe du vin et moi du dessert. Je vais faire mon fameux fondant au chocolat, ça ne prend pas beaucoup de temps de préparation et il est juste trop bon…

Mais il me manque la moitié des ingrédients !!! Plus qu'à sortir pour faire les dernières courses par un froid glacial… Au moins comme ça demain, je pourrais rester au chaud chez moi.

Je confirme : il fait vraiment trop froid… Écharpe remontée jusque sur mon nez, j'essaye de faire au plus vite pour me débarrasser de ces courses…

Mais quoi ????? C'est bien Aurelien que je viens de voir entrer dans une bijouterie ?!! Mais non !!! Il ne peut pas faire ça ??? Ça ne fait même pas un an qu'on est ensemble… Il ne peut pas aller chercher une bague. Et encore moins me l'offrir demain soir… Ça ferait tellement scénario de film romantique à petit budget !!!

C'est peut-être autre chose… Mais quand je repense à nos dernières conversations, j'ai l'impression qu'en réalité il n'a pas arrêté d'y faire des allusions…
Je n'arrive plus à respirer !!!

Lui

Je me retrouve là, à l'intérieur de la bijouterie, à scruter les étalages à la recherche de la médaille de baptême parfaite. Mon regard balaie différents modèles, essayant de trouver celui qui fera briller les yeux de mon meilleur ami et de sa progéniture à naître. Cependant, malgré mon engagement envers mon pote, une petite voix intérieure me tourmente. Sérieusement, est-ce le bon timing pour faire cette galipette émotionnelle ? Hortense et moi, on est en couple depuis quelques mois à peine, et je me demande si on n'est pas en train de courir avant de savoir marcher.

Naturellement, mes pensées se mêlent d'incertitude. Je me repasse en boucle nos conversations récentes, ces moments où j'ai fait des allusions subtiles à un avenir plus profond. Ai-je foncé dans le tas trop vite ? Est-ce que j'ai négligé les éventuelles lueurs jaunes clignotantes dans les pensées d'Hortense ? Mon cœur s'emballe, un mélange étrange d'excitation et d'appréhension. Peut-être que je devrais investir dans un moniteur cardiaque pour garder un œil sur ces fluctuations.

Et voilà, la vitrine des bagues de fiançailles qui se pointe. Mon cerveau s'éclaire comme un panneau publicitaire : "Passez en mode panique, tout le monde !" L'idée de franchir une étape de plus dans notre relation se pointe, pas très discrète. Pourtant, mes doutes s'agrippent comme des enfants à leurs jouets préférés. Est-ce que c'est le moment propice ? Est-ce qu'on est assez préparés ? Je réalise que prendre cette décision, c'est comme résoudre une énigme géante à deux, mais avec moins de règles.

Ah, les bagues brillantes et alléchantes. On dirait une ligne d'arrivée irrésistible. Mais je me reprends à temps. Je ne suis pas ici pour un sprint sentimental. Je secoue la tête, me réorientant vers ma quête initiale. La médaille, pas la bague, celle qui symbolisera le baptême, pas l'embrasement précipité de nos vies. Mes sentiments pour Hortense sont aussi nets que la veste de bûcheron que je porte, mais je comprends que l'engagement symbolisé par une bague nécessite une approche plus réfléchie que choisir le burger ou la salade au resto.

Et voilà que mon choix se fixe finalement sur une médaille éblouissante. Elle symbolise la protection et l'amour, et elle est aussi lourde d'engagement que le prix de mon dernier forfait téléphone. En la tenant entre mes doigts, je sens à la fois le poids des responsabilités et l'éclat d'un avenir radieux avec Hortense. Je paie l'objet avec un sourire qui mélange réflexion et un soupçon de "Qu'est-ce que je suis en train de faire ?"

La boîte qui contient la médaille repose maintenant entre mes doigts, aussi délicate que le premier flocon de neige en hiver. Je sais que je devrai avoir une conversation franche avec Hortense, partager mes pensées biscornues et écouter les siennes. Pas question de lui offrir la médaille comme un nouveau jeu de devinettes. L'avenir de notre relation se trouve entre nos mains, et je suis bien déterminé à faire un choix éclairé, tout en écoutant ces sentiments qui jouent à cache-cache.

Je franchis la porte de la bijouterie, la médaille dans la poche et un froid parisien qui pique ma peau comme un rappel du monde réel. Mais à l'intérieur de moi, il y a aussi ce petit feu d'espoir, cette certitude que quelque chose de spécial se profile avec Hortense. Je prends une bouffée d'air glacé, prêt à affronter les discussions à venir et toutes les surprises que cette relation nous réserve, dans l'espoir de construire un avenir qui scintille tout autant que les rues illuminées de la ville pendant les fêtes.

Elle

Je reste plantée là, comme si j'étais enracinée au sol, les yeux rivés sur la vitrine de la bijouterie. C'est comme si le monde entier s'était figé autour de moi, me laissant seule avec mon étonnement. Je peine à croire ce que je vois. Aurélien, mon Aurélien, entre dans la bijouterie. Mon esprit est pris d'assaut par un cocktail d'émotions : confusion, surprise, et surtout, une bonne dose d'appréhension.

J'ai l'impression que le sol se dérobe sous mes pieds. Aurélien, cet homme aux blagues maladroites et au sourire irrésistible, pourrait-il vraiment être en train de choisir une bague ? Les souvenirs de nos dernières semaines ensemble défilent dans ma tête, comme un film qui s'emballe. On a ri, partagé nos rêves et nos goûts musicaux, et même exploré les coins cachés de la ville. Mais une bague ? Non, ça doit être une hallucination. Peut-être que je me suis endormie en lisant un conte de fées et que je vis maintenant dans une version déformée de la réalité.

Mon cœur s'emballe, martelant ma poitrine avec une force que je n'aurais jamais pensé possible. Je cligne des yeux, espérant que la scène devant moi va se transformer en quelque chose de plus logique. Mais non, Aurélien est toujours là, parcourant les allées de la bijouterie, comme s'il était en train de choisir la composition d'une pizza plutôt que le destin de notre relation.

Tout ce que nous avons partagé jusqu'à présent défile dans mon esprit. Les conversations profondes sous les étoiles, les rires partagés, et même ces moments où j'ai senti qu'il y avait quelque chose de plus entre nous. Mais une bague ? L'idée me frappe comme un vent glacial en plein hiver. On est ensemble depuis seulement quelques mois, et je n'avais jamais imaginé que nous franchirions une étape aussi importante si rapidement.

Je me rends compte que ma respiration s'est accélérée, comme si mes poumons avaient décidé de passer en mode sprint. Je secoue la tête, essayant de chasser ces pensées confuses. Il faut que je me concentre, que je reprenne mon calme. Aurélien est peut-être en train de choisir quelque chose d'autre, comme une montre ou un porte-clés géant. Oui, c'est ça, un porte-clés géant en forme de girafe. C'est beaucoup plus plausible.

Mais au fond de moi, je sais que je ne peux pas me mentir. L'idée de la bague est bel et bien là, comme un éléphant rose dans la pièce. Et si c'est le cas, je ne peux pas nier que je suis submergée par un mélange d'émotions. Une part de moi se sent touchée par la pensée qu'Aurélien pourrait envisager un futur aussi sérieux avec moi. Mais une autre part, plus réaliste peut-être, est submergée par l'appréhension. Sommes-nous vraiment prêts pour ça ? Est-ce que je suis prête pour ça ?

Je prends une profonde inspiration, sentant l'air glacé de l'hiver mordre ma peau. Je reprends mes esprits pour réussir à finir ma mission du jour : trouver tout ce qu'il me manque pour le gâteau et surtout essayer d'oublier cette scène.

Repas de Noël 1 : Acte 1

Lui

Je me trouve chez les parents d'Hortense, un endroit qui respire la chaleur et la tradition. Les odeurs de biscuits fraîchement sortis du four et de sapin orné flottent dans l'air, créant une ambiance de Noël parfaite. Les regards bienveillants des parents d'Hortense m'accueillent, mais alors qu'ils évoquent la messe de minuit, je sens un frisson me parcourir.

"Nous irons tous à la messe de minuit ce soir, n'est-ce pas merveilleux ?", déclare la mère d'Hortense avec enthousiasme.

Je souris, essayant de cacher mon manque d'enthousiasme. La messe de minuit, cette tradition incontournable de Noël. J'ai toujours eu du mal à me sentir à l'aise dans les lieux de culte, comme si le banc de l'église était équipé d'un détecteur de culpabilité qui s'activait dès que j'y posais les fesses. Et maintenant, avec les parents d'Hortense qui sont si charmants, il n'y a aucune échappatoire possible.

- Oui, bien sûr, dis-je d'une voix aussi enjouée que possible. La messe de minuit, c'est une super idée.

Je me rends compte que j'ai répété le mot "messe" dans ma réponse, comme si j'essayais de me convaincre moi-même que c'était une idée géniale. Mais la vérité, c'est que l'idée de rester assis sur un banc inconfortable pendant des heures, à écouter des chants latins que je ne comprends pas, me rend déjà un peu nerveux.

Hortense me jette un regard complice, comme si elle lisait dans mes pensées. "Tu sais, tu n'es pas obligé de venir si tu ne veux pas", murmure-t-elle doucement.

Mon cœur saute de joie à cette déclaration. Mais je sens aussi le regard inquisiteur des parents d'Hortense sur moi, et je réalise que la meilleure option est d'être diplomate.

- Oh, tu sais, c'est une tradition importante pour vous, et je veux bien sûr être là pour partager ce moment spécial, je réponds avec un sourire.

Je peux presque sentir la déception des parents d'Hortense en voyant mon enthousiasme légèrement forcé. Mais je ne peux pas vraiment m'empêcher d'être honnête, même si je préférerais presque m'enrouler dans une couverture devant la cheminée avec une tasse de chocolat chaud.

La soirée se poursuit avec des échanges agréables et des rires partagés, mais je ne peux pas m'empêcher de penser à la

79

perspective de la messe de minuit. Je me demande comment j'ai pu me retrouver dans cette situation. Peut-être que je devrais porter une pancarte "Aimez-moi quand même" autour du cou pour m'assurer que les parents d'Hortense ne pensent pas que je suis un monstre sans cœur qui déteste la tradition.

Mais en fin de compte, je me rappelle que Noël, c'est avant tout le partage et l'amour. Peu importe si je passe quelques heures à me tortiller sur un banc d'église. Ce qui compte vraiment, c'est d'être avec Hortense et sa famille, de créer des souvenirs ensemble et de célébrer l'esprit de la saison. Même si je dois endurer quelques "messes" en chemin.

Et je n'ai qu'une seule hâte : voir les yeux d'Hortense à l'ouverture des cadeaux. Elle risque d'être super surprise !

Elle

Le dîner se termine dans une ambiance chaleureuse, les rires et les conversations remplissant la pièce. Nous voilà de retour de la messe de minuit, la nuit étoilée parsemée d'un voile d'émotion. Alors que nous nous installons autour du sapin, j'ai du mal à contenir mon excitation. Les cadeaux de Noël nous attendent, une promesse de surprises et de moments inoubliables.

Les échanges de présents commencent, chacun s'échangeant des sourires et des remerciements chaleureux. Les paquets se défont les uns après les autres, révélant des trésors soigneusement choisis. Mon cœur bat la chamade alors que je reçois un cadeau d'Aurélien. Il me tend le paquet avec un sourire en coin, et j'ai du mal à réprimer un frisson d'anticipation. Mais j'ai surtout une énorme interrogation, le paquet est bien grand, il ne peut pas contenir une bague ! Peut-être une blague d'Aurélien.

Je déchire le papier, révélant un livre que j'avais repéré lors de nos escapades en librairie. Mon visage s'éclaire, touchée par ce geste attentionné.

- C'est parfait, merci, dis-je en le regardant avec reconnaissance.

C'est étrange comme un simple livre peut exprimer tant de choses, un peu comme le regard complice qu'on partage quand une blague intérieure éclate au milieu d'une conversation. Peut-être que la bague se trouve dans un autre paquet…

Puis, il est temps de dévoiler mon cadeau pour Aurélien. Le sourire qu'il arbore quand il ouvre le paquet est comme un rayon de soleil dans la pièce. J'ai choisi un vinyle d'un de ses groupes de musique préférés, avec la couverture vintage qui le caractérise si bien.

- J'espère que ça te plaît, dis-je en me mordillant légèrement la lèvre.

Mais alors que les échanges continuent, une étrange sensation s'installe en moi. Un sentiment de déception douce-amère, une sorte de soupir intérieur. Je ne peux m'empêcher de regarder les cadeaux avec une attente qui dépasse le simple plaisir de la surprise. Mon regard cherche quelque chose, une lueur d'or dans le tas de papier déchiré. Une lueur qui n'est pas là.

Aurélien sourit en ouvrant ses autres cadeaux, des livres, des gadgets et même un kit pour faire pousser des plantes d'intérieur. Chacun de ses sourires est un trésor en soi, mais je ne peux pas ignorer le petit pincement que je ressens.

Repas de Noël : Acte 2

Aurélien et Hortense se préparent à se rendre chez la famille d'Aurélien pour une autre journée de repas en famille.

Lui

Je jette un coup d'œil à Hortense, ma complice dans cette aventure culinaire, et je ne peux m'empêcher de lui poser la question qui me taraude : "Est-ce qu'on s'inflige de nouveau un repas de famille aujourd'hui ? Tu veux pas qu'on traine ? Tu as toujours des nausées."

Ah, les nausées. Hortense et son estomac sensible sont devenus aussi célèbres que le Père Noël et son traîneau. Je me souviens encore de la fois où elle a passé la moitié d'un dîner de famille à fixer son assiette comme si c'était une énigme à résoudre. Mais elle a été héroïque, et je veux m'assurer qu'elle se sente à l'aise aujourd'hui.

"T'inquiètes pas moi j'ai pas la recette, mais toi fais gaffe tu risques de devoir la noter en plus," je lance avec un clin d'œil complice.

Hortense esquisse un sourire en coin, et je détecte dans ses yeux cette lueur qui dit : "Tu es impossible, mais je t'aime quand même." Ma tentative d'humour a clairement atteint son objectif. Elle sait que je suis prêt à affronter les repas familiaux et leurs plats mystérieux avec elle, mais je veux aussi lui faire comprendre qu'elle peut être elle-même, nausées et tout. Pas besoin de jouer le rôle de la princesse parfaite en ce jour sacré de festivités.

Pourtant, malgré mes appréhensions, il y a aussi une part de moi qui se sent nostalgique et profondément reconnaissant pour ces traditions familiales. Le gâteau traditionnel dont j'ai parlé, ce dessert sucré et chargé d'histoire, c'est un peu notre Étoile du Berger. Il a été transmis de génération en génération, comme une transmission d'amour sucrée entre les aïeux et les descendants.

Là où les conversations deviennent des monologues philosophiques sur la vie, j'écoute à peine tout en imaginant un duel de débats entre l'oncle François et la tante Agnès. Peut-être qu'un jour, ils finiront par découvrir que le débat est terminé depuis longtemps et qu'ils sont en réalité en train de discuter du sens de la vie des fourmis. Et qui suis-je pour les priver de cette révélation scientifique ?

Alors, malgré les questions badines sur les nausées et les débats familiaux dignes d'une conférence TED autour de fourmis, je suis sincèrement heureux de partager cette journée avec Hortense. Elle est celle qui ajoute une touche de nouveauté à nos traditions familiales, qui transforme les repas de famille en aventures mémorables. Même si cela signifie qu'il faudra peut-être une deuxième fête pour célébrer son estomac survivant.

Je nous imagine déjà ensemble, dans les années à venir, en train de raconter ces anecdotes humoristiques à nos propres enfants. "Ah, mon chéri, laisse-moi te raconter comment j'ai survécu à mon premier Noël avec ta grand-mère et son débat sur les fourmis…" En fin de compte, ce ne sont pas seulement les plats ou les traditions qui comptent, mais les souvenirs que nous créons ensemble, repas familiaux chaotiques et tout.

Elle

Je suis à la fois surprise et perplexe en découvrant le côté très conservateur et catholique de la famille d'Aurélien lors de ce repas. Les conversations tournent autour de sujets traditionnels et religieux, et je me sens un peu comme si j'étais tombée dans un épisode d'une série télévisée d'époque. Est-ce que quelqu'un a une machine à remonter le temps ?

Des piques désobligeantes sur le travail d'Aurélien fusent, et mon malaise grandit à mesure que je réalise que ces critiques viennent de sa propre famille. Si je ne me trompe pas, je crois avoir même entendu quelqu'un chuchoter à côté de moi :

- Sortir avec un professeur, c'est un peu comme être en relation avec un alien, non ?

Je ne comprends même pas cette phrase. On vient de deux mondes différents clairement !

Pourtant, je garde mon calme et observe attentivement la dynamique familiale qui se déploie autour de moi. Les conversations entre la tante Agnès et l'oncle François ressemblent à une bataille d'idées d'un autre siècle. J'ai presque l'impression d'être une anthropologue observant une tribu lointaine. Où est-ce que j'ai mis ma loupe ? D'ailleurs, pile au moment où j'ai ces pensées, je les entends commencer à débattre sur la vie des fourmis. Sérieusement ?

Pendant le repas, je fais une découverte surprenante : l'appartement d'Aurélien est en réalité un cadeau de son arrière-grand-mère. D'accord, maintenant les choses commencent à s'éclaircir. J'imagine qu'il doit y avoir des clauses cachées dans l'héritage qui dictent que tu dois porter des costumes du 19e siècle une fois par mois. Mais c'est fou ce décalage entre la vie que mène Aurélien et la réalité. Il y a de quoi développer plusieurs personnalités dans sa tête.

Aurélien m'explique que cet immeuble a appartenu autrefois à cette femme et qu'il a été divisé entre les héritiers. J'espère juste que personne ne s'est battu pour les miettes de pain ou pour savoir qui hérite du pot de confiture à moitié vide. "Non, tante Agnès, c'est à moi, c'est à moi !"

Alors que le repas se poursuit, j'attends avec impatience le moment où Aurélien me fera le cadeau dont il m'a parlé précédemment. Je suis sûre qu'il ne va pas sortir une boîte de biscottes de sa poche en disant : "Surprise ! J'ai pensé à ton petit-déjeuner." J'espère que ce bijou sera à la hauteur de mes rêves, sinon je vais devoir sortir ma meilleure expression "Oh, c'est tellement… inattendu."

Pendant que je laisse mon imagination vagabonder, Aurélien me surprend avec une surprise inattendue. Un étui s'ouvre pour révéler un magnifique violon. J'ai l'impression d'être dans une publicité pour un film romantique, où le mec sort soudainement un violon pour jouer une sérénade. Je suis tentée de dire : "Et maintenant, tous ensemble : 'Awwww'."

Pourtant, malgré toutes ces découvertes et moments d'intimité, je ne peux pas m'empêcher de me sentir tendue. Les conversations sur les ex me rappellent des épisodes de talk-shows où les invités déballent leurs histoires. "Et maintenant, un mot de notre sponsor : des mouchoirs en papier, pour toutes vos larmes et vos soupirs."

Cependant, une autre révélation me frappe de plein fouet : la mère d'Aurélien est toujours en contact avec son ex. Et moi qui pensais que garder son ex sur les réseaux sociaux était déjà une étape. Je me demande si la famille d'Aurélien a une charte d'utilisation pour les ex, avec des clauses sur les mentions et les commentaires.

Alors que le repas touche à sa fin et que les au revoir se profilent, j'entends Aurélien mentionner qu'il doit se rendre à un baptême. Je me demande brièvement de qui il s'agit, mais je décide de ne pas poser de questions pour l'instant. Je veux laisser un peu de mystère dans cette ambiance digne d'une comédie dramatique.

Elle et Lui

Alors qu'ils sont sur le chemin du retour à la maison, plus précisément vers l'appartement d'Aurélien, Hortense se décide enfin à éclaircir cette histoire de bijouterie. Peut-être qu'Aurélien a une autre copine et que celle-ci aura le droit à un petit écrin…

- Dis-moi, Aurélien, il y a quelque chose que j'ai remarqué... tu sais, depuis le repas chez tes parents. Est-ce que... enfin, tu vois, je me demandais... est-ce qu'il y a quelque chose que tu aimerais me dire ? Demande Hortense avec un petit sourire nerveux

Aurélien répond légèrement surpris

- Oh, tu veux dire par rapport au repas ? Tu veux discuter des conversations de nos oncles et tantes sur les fourmis ?
- Non, pas exactement. Je veux dire, tu sais, cette histoire de bijou que tu avais mentionnée avant les fêtes. J'ai remarqué que tu avais l'air un peu... comment dire... évasif ?

Aurélien éclate de rire

- Ah, ça. Tu as vraiment une bonne mémoire. Eh bien, écoute, il y a une explication assez simple à tout ça.

Un silence s'installe, Hortense ne veut pas en rester en là et lui demande avec une voix curieuse :

- Vas-y, je t'écoute.
- En fait, je suis allé dans une bijouterie il y a quelques jours, mais ce n'était pas pour ce que tu penses. J'y étais pour acheter une médaille.
- Une médaille ? Pour qui ?

Aurélien semble gêné, il se rend compte qu'il n'avait même pas parlé du baptême à Hortense. Même si son célibat commence à dater, il se rend compte qu'il a gardé quelques réflexes.

- Pour le bébé de mon meilleur ami. Tu sais, mon pote Jérémy et sa femme ont eu un bébé récemment. Alors, je voulais acheter une médaille pour lui. Tu sais, quelque chose de symbolique. J'ai un peu oublié de te dire qu'avec mes parents nous étions invités au baptême de leur fille.
- Oh, je vois. Alors, tout ce mystère était pour une médaille de bébé ?
- Ouais, c'est un peu ça. Je voulais te faire une surprise, mais apparemment, j'ai réussi à créer encore plus de mystère.
- Tu es incorrigible, Aurélien. J'étais là à imaginer toutes sortes de scénarios. Parce que figure toi que

je t'ai vu entrer dans une bijouterie juste avant les fêtes. Et comme je n'ai pas eu de bijoux ni chez mes parents ni chez les tiens, j'ai commencé à me poser milles question

- Désolé pour ça. Mais pour être honnête, maintenant que tu en parles, je comprends pourquoi tu pensais que c'était lié à autre chose. C'était vraiment juste pour la médaille.
- C'est vraiment adorable de ta part. Et tu as choisi quoi comme médaille ?
- Une petite médaille avec une étoile. Je me suis dit que ça symboliserait quelque chose de spécial pour le bébé.

Hortense ressent de la fierté dans la réponse d'Aurélien, elle se sent toute attendrie. Dire qu'elle imaginait qu'il avait une aventure avec une autre femme.

- C'est tellement mignon. J'adore l'idée. Et tu sais quoi ? Maintenant que le mystère est résolu, je suis encore plus curieuse de rencontrer Jérémy et sa famille.
- Je suis content que tu comprennes. Et ne t'en fais pas, tu les rencontreras bientôt. Et qui sait, peut-être que les conversations seront moins centrées sur les fourmis cette fois-ci.
- Espérons-le. En tout cas, merci de m'avoir éclairée. J'apprécie vraiment que tu partages ces petits moments de ta vie avec moi.

- Tu sais bien que tu es la personne avec qui j'aime partager tout. Alors, prête à affronter un autre repas de famille ?
- Plus que prête. Et cette fois-ci, je garde une bouteille de soda à portée de main, au cas où les discussions deviennent trop philosophiques.
- C'est un plan solide. Allez, en avant vers de nouvelles aventures

Des Nausées, des Rires et une Pincée de Suspens : Notre Nouvel An Inoubliable

---

Six jours après Noël, Hortense et Aurélien se préparaient avec enthousiasme à célébrer le Nouvel An entourés de leurs amis. Les préparatifs allaient bon train, mais une légère tension flottait dans l'air. Hortense se sentait encore barbouillée par la fameuse recette de famille qu'elle avait dû goûter à Noël, et l'odeur des plats posés sur la table lui donnait des hauts le cœur.

Lui

Ah, les joies des festivités post-Noël. Après cette impression d'avoir vécu un marathon lors des Noël, Hortense et moi étions dans le vif de la préparation pour célébrer le Nouvel An entourés de nos amis. Les ballons étaient accrochés, la musique était en playlist, et l'ambiance était électrique. Mais il y avait aussi quelque chose dans l'air, quelque chose de subtil, une tension légère comme le souffle d'un dragon enroulé dans les guirlandes.

Hortense semblait encore un peu barbouillée par l'expérience culinaire du fameux gâteau de Noël. Vous savez, ce gâteau qui est censé être un héritage familial mais qui a probablement survécu grâce à sa résistance aux insectes. Tout comme ce gâteau, Hortense semblait avoir développé une forme de résistance à tout ce qui se trouvait sur la table. Les plats, les odeurs, tout semblait lui donner des hauts le cœur.

Je la regardais avec amusement, ses sourcils légèrement froncés, ses yeux évitant habilement les plats comme si elle était en train de jouer à "Évite les Plats de la Nausée". Et au milieu de cette scène, je ne pouvais m'empêcher de lui lancer un clin d'œil complice. C'était presque comme si on partageait un secret, un code entre nous qui disait : "Oui, je le sais, et je te soutiens, même si je suis totalement prêt à manger ce délicieux repas."

Hortense ne m'a pas laissé dans l'ignorance bien longtemps. Elle a répondu avec son esprit vif et son sens de l'humour toujours présent :

- Ta recette de famille est toujours dans mon estomac... Juste l'odeur des plats posés sur la table me donne des hauts le cœur.

Je ne pouvais pas m'empêcher de rire, même si cela signifiait que je risquais de provoquer une réaction en chaîne de rires dans toute la pièce. C'était comme si Hortense avait transformé la situation en une sorte de comédie légère, une parodie de repas. Je me suis imaginé à quoi ressemblerait une version animée de la scène, avec des plats dansants et un estomac faisant des mouvements de protestation synchronisés.

Pourtant, derrière l'humour, il y avait aussi ce sentiment d'être privilégié. Privilégié de connaître Hortense assez bien pour comprendre ses subtilités, ses réactions, et privilégié de partager ces moments avec elle. Même si nous naviguions à travers les hauts et les bas de la digestion post-festin, je savais que nous étions ensemble dans cette aventure, et c'était ça qui comptait le plus.

Alors, armé de mon sourire complice et d'un léger rire, j'ai décidé de rejoindre Hortense dans cette comédie culinaire.

> - Eh bien, tu sais ce qu'on dit, Hortense : 'Après le gâteau, l'appétit revient.' Ou peut-être que c'est juste ce que je dis pour justifier le fait que je suis prêt à dévorer ces plats délicieux malgré l'odeur."

Elle a ri, et l'atmosphère s'est légèrement détendue. Nous avons continué à préparer notre fête du Nouvel An, en prenant soin de choisir des plats qui ne seraient pas en compétition avec le fameux gâteau de Noël en terme de résistance.

Et alors que nous étions entourés de ballons, de rires et d'amis, j'ai réalisé que même les hauts le cœur pouvaient être transformés en moments de partage et de complicité. C'était comme si Hortense et moi avions ajouté une nouvelle page à notre livre d'anecdotes, une page qui se terminait par un sourire et un éclat de rire. Et honnêtement, qu'est-ce qui pourrait être plus précieux que ça ?

Elle

Six jours après Noël, j'étais encore en train de me remettre de l'aventure culinaire du siècle, aka le fameux gâteau familial. Les nausées avaient trouvé une place confortable dans ma vie, et l'odeur de la nourriture me faisait penser à une montagne russe émotionnelle. Pendant que nous nous préparions pour la soirée du Nouvel An avec nos amis, j'essayais de garder un air enthousiaste malgré mon estomac chancelant.

Mon estomac avait clairement décidé de boycotter le banquet festif, et même Aurélien le remarquait avec amusement. Il m'observait avec un sourcil levé, un sourire taquin aux lèvres. C'était comme si on partageait un drôle de secret entre nous, le genre de secret qui impliquait un gâteau et des nausées.

- Ton gâteau de famille, tu sais où tu peux le mettre l'année prochaine. Plus jamais ça ! lui lançai-je d'un ton joueur, soulagée de voir qu'il prenait les choses avec légèreté.

Aurélien haussa les épaules, l'air à la fois coupable et amusé. Peut-être avait-il enfin compris que je n'avais pas besoin d'un nouveau round de ce fameux gâteau dans ma vie. Mais alors que je le regardais, je me rendis compte qu'il semblait légèrement préoccupé. Avais-je exagéré mes réactions face à ce gâteau au point de le faire s'inquiéter ?

Les préparatifs pour la soirée du Nouvel An étaient en plein essor, et nos amis allaient bientôt arriver. La tension qui avait flotté dans l'air avait cédé la place à un mélange d'excitation et d'anticipation. Je m'efforçais de ne pas trop penser à mes nausées, préférant me concentrer sur la joie de passer une soirée mémorable avec ceux que j'aimais.

Les heures passèrent rapidement, et bientôt, il était 20 heures. Nos amis étaient sur le point d'arriver, et la cuisine était remplie d'une effervescence festive. J'échangeai des regards complices avec Aurélien alors que nous mettions la touche finale aux préparatifs. Je me sentais chanceuse de passer cette soirée du Nouvel An avec lui, entourée d'amis chaleureux et bienveillants.

Alors que la fête battait son plein et que les rires se mélangeaient à la musique, je me laissai emporter par l'énergie positive qui régnait dans la pièce. J'étais entourée de visages souriants, de conversations animées et de rires contagieux. Cette soirée symbolisait le passage d'une année à une autre, une occasion de laisser derrière soi le passé et d'accueillir avec enthousiasme l'avenir.

Dans ce tourbillon de bonheur et d'émotions, je me tournai vers Aurélien avec un sourire éclatant. "Je ne peux pas imaginer une meilleure façon de commencer la nouvelle année que d'être avec toi, mon amour. Je suis tellement reconnaissante de t'avoir dans ma vie."

Il me sourit tendrement et m'embrassa doucement, faisant fondre mon cœur. "Je suis le plus chanceux des hommes de t'avoir à mes côtés, Hortense. Je t'aime plus que tout au monde, et je suis impatient de voir ce que l'avenir nous réserve."

Les minutes défilaient rapidement, et bientôt, nous nous rassemblâmes pour le compte à rebours final. Les éclats de joie retentirent alors que la nouvelle année faisait son entrée, marquant le début d'une nouvelle étape dans notre vie. Alors que nous trinquions et que les feux d'artifice illuminaient le ciel, je sentis mon cœur déborder de gratitude et d'espoir pour l'avenir.

Pendant que nous célébrions le passage à la nouvelle année, il y avait un autre petit secret qui flottait dans l'air, comme une bulle de suspens. Aurélien et moi ne l'avions pas encore abordé, mais peut-être que ces nausées n'étaient pas seulement dues à ce gâteau. Peut-être que ces nausées étaient le signe de quelque chose d'inattendu. Et peut-être que, quelque part dans cette soirée étincelante, nous aurions l'occasion de rire, de s'embrasser et de partager ce nouveau chapitre de notre histoire.

Mais pour l'instant, je me laissais porter par l'instant présent, par les rires et les sourires, par l'amour qui nous entourait.

Alors que nous étions enfin seuls tous les deux, couchés dans notre lit, je me retourne vers Aurélien.

-   Je pense que nous devrions faire un tour dans la pharmacie de garde demain…

"C'est Noël dans le cœur qui met Noël dans l'air."

William Thomas Ellis

Le Prince Charmant

est au rayon biscuit

Aurore

Et voilà, on y est... Je pensais échapper à ce genre de remarque parce que jusqu'à maintenant Raphaël ne m'avait pas trop posé de questions sur ma famille. Il aura fallu attendre le troisième rendez-vous !

- Sérieusement ? Tes parents se sont inspirés des contes pour trouver vos prénoms ? Et tu le vis comment ? rigole Raphaël.
- Et bien écoute, j'ai 38 ans, j'ai eu le temps de m'y faire et de supporter les railleries des gens... réponds-je un peu plus énervée que ce que j'aurais souhaité.
- Non mais quand même... Déjà toi avec le prénom Aurore et ta sœur, Belle... Et carrément leurs chats : Simba et Nala ! insiste-t-il.

Habituellement, j'ai ce genre de phrases dès les premiers échanges après un match sur une application de rencontre, il aura attendu un peu... Mais je me rends surtout compte que malgré nos échanges sur l'application puis nos deux premiers rendez-vous, il ne s'était jamais vraiment intéressé à moi. Ça ne me saute aux yeux que maintenant, mais il est encore temps de stopper cette relation sans faire trop de dégâts. Après tout, nous en sommes qu'à notre troisième date…

- Désolée, on va en rester là. Je ne supporte pas les hommes de 40 ans aussi puérils…

J'attrape mon manteau sur le dos de la chaise de manière trop énergique et je fais tomber mon verre de vin sur lui au passage. Même si je l'avais vraiment voulu, je n'aurais pas fait mieux… Je ne m'excuse même pas et quitte le bar sans même me retourner.

La fraîcheur de l'air hivernal me frappe dès que je franchis la porte du bar. Je m'enfonce plus profondément dans mon manteau pour me protéger du froid mordant et je m'éloigne rapidement, essayant de me débarrasser de la colère qui bouillonne en moi. J'ai besoin de me changer les idées, de trouver un moyen de me détendre et de me ressourcer.

C'est alors que je me souviens que je suis à deux pas d'un supermarché bien achalandé. Certes, nous ne sommes qu'au début du mois de novembre mais les courses de Noël sont déjà en cours, et je pourrais peut-être trouver quelque chose pour me remonter le moral. Je me dirige vers le supermarché d'un pas déterminé, l'esprit encore tourmenté par ma déception.

Une fois à l'intérieur, je me laisse guider par les lumières vives et les chants de Noël qui emplissent l'air. L'ambiance festive me rappelle à quel point j'apprécie cette période de l'année, malgré les hauts et les bas de ma vie sentimentale. Noël a toujours été synonyme de chaleur, de joie et de moments précieux passés en compagnie de mes proches.

Je déambule à travers les allées du supermarché, prenant le temps d'admirer les décorations de Noël étincelantes et les étagères remplies de produits festifs. Mes yeux sont attirés par le rayon biscuit, qui semble promettre une certaine dose de réconfort et de douceur. Je m'y dirige instinctivement, attirée par les senteurs alléchantes qui s'en échappent.

Le rayon biscuit est un véritable paradis pour les amateurs de sucreries. Les étagères regorgent de boîtes colorées, remplies de biscuits de toutes sortes : des sablés fondants, des biscuits au chocolat riches et indulgents, des macarons délicats et bien d'autres délices tentateurs. Je sens une certaine légèreté s'emparer de moi, m'éloignant peu à peu de la tension accumulée lors de ma rencontre désastreuse avec Raphaël.

Je prends le temps de parcourir les différentes marques et saveurs, cherchant celle qui saura combler mon cœur brisé. Les biscuits ont toujours été une source de réconfort pour moi, une petite douceur qui apaise mes soucis et me rappelle les moments heureux de mon enfance.

Alors que mes doigts effleurent les emballages colorés, je me sens soudain apaisée. Les odeurs sucrées des biscuits flottent dans l'air, éveillant mes papilles gustatives et ravivant des souvenirs agréables. Je me laisse tenter par quelques boîtes de biscuits au chocolat noir, ma faiblesse ultime, ainsi que par des sablés à la vanille, rappelant les douces saveurs des fêtes de Noël.

Pendant un instant, je me perds dans mes pensées, oubliant les déceptions passées et me laissant bercer par la magie de la saison des fêtes. Je me sens revivre, retrouvant une lueur d'espoir au milieu des biscuits étincelants et des douceurs tentatrices.

Alors que je m'apprête à quitter le rayon biscuit, une silhouette masculine attire mon attention. Un homme aux cheveux bruns et aux yeux pétillants se tient à côté de moi, également plongé dans la contemplation des biscuits. Il dégage une aura chaleureuse et sympathique, et je ne peux m'empêcher de remarquer son sourire bienveillant.

Quand nos bras se frôlent accidentellement, je sursaute légèrement et tourne la tête pour voir qui est à mes côtés. C'est alors que je remarque sa ressemblance frappante avec un prince charmant en carton que j'ai vu dans une publicité pour des biscuits il y a quelque temps. Son charme et son sourire aimable me donnent l'impression d'avoir rencontré un personnage de conte de fées.

Un sourire se dessine sur mon visage, chassant les nuages sombres qui m'avaient envahie après ma déception amoureuse. Peut-être que ce rayon biscuit, avec son atmosphère magique et réconfortante, m'a réservé une surprise inattendue. Peut-être que mon propre conte de fées est sur le point de commencer.

Je me tourne vers l'homme, prête à engager la conversation, curieuse de savoir ce qui l'a conduit ici et s'il partage ma passion pour les délices sucrés. Alors que nos regards se croisent, une étincelle de possibilités danse dans l'air, et je sens que cette rencontre pourrait bien changer ma vie d'une manière que je n'aurais jamais imaginée.

Tout en observant les boîtes de biscuits devant nous, je me lance :

- Vous avez l'air d'apprécier les plaisirs sucrés autant que moi. Quel est votre biscuit préféré ?

Son sourire s'élargit, et une lueur malicieuse illumine ses yeux :

- Je suis un grand fan des sablés à la vanille. Ils me rappellent les douces saveurs de Noël et les moments partagés en famille. Et vous, Aurore, quel est votre choix ?

Le son de mon prénom prononcé par cet inconnu me fait tressaillir de surprise. Comment pouvait-il savoir mon nom ? Mais au lieu de me sentir mal à l'aise, je suis intriguée. Il y a quelque chose de magique dans cette rencontre fortuite, quelque chose qui me fait penser que peut-être, juste peut-être, mon conte de fées commence enfin.

Et ainsi, dans le rayon biscuit d'un supermarché en pleine période de Noël, une nouvelle page de ma vie se tourne. Une histoire de rencontres inattendues, de douceurs sucrées et de possibilités enchantées. Et qui sait, peut-être que ce prince charmant en carton se transformera en un véritable prince charmant, prêt à combler les vides de mon cœur et à m'offrir le bonheur tant attendu.

Tout ce que je sais, c'est qu'il est temps d'écrire la suite de mon histoire, de m'ouvrir à de nouvelles aventures et de croire en la magie des rencontres au rayon biscuit. Peut-être que cette fois-ci, l'amour et le bonheur seront enfin à portée de main.

Le rayon biscuit

Le lendemain matin, j'émerge de mon sommeil avec l'excitation d'un enfant dans une fabrique de chocolat. Rencontrer ce mec mystérieux au rayon biscuits du supermarché a laissé mon cœur plus agité qu'un café trop fort. Je décide de me glisser dans une tenue qui crie "décontractée chic", parce que qui sait, peut-être que cette rencontre biscuitée était le coup d'envoi d'une épopée romantique digne d'une comédie romantique à succès.

Je pénètre dans le supermarché en mode "enquêteur discret", en espérant recroiser le chemin du beau mec d'hier... Mais mon enthousiasme se fait repérer à des kilomètres à la ronde. Je veux être prête, au cas où cet homme ne serait pas qu'une hallucination causée par une indigestion de cookies la veille. Après tout, c'est la saison où les miracles se produisent, ou du moins c'est ce que j'ai entendu dire dans un film de Noël ringard.

Je flâne dans l'allée des biscuits, surveillant les étiquettes comme un agent secret à la recherche d'indices. "Lui, l'homme des biscuits, où es-tu ?", je marmonne à voix basse. Malheureusement, aucune pancarte "Homme Charmant" n'est en vue, même si je suis certain que ça serait utile pour tous les célibataires en quête d'amour.

Je décide de ne pas m'attarder et de faire mes courses. Qui sait, peut-être que le destin a d'autres plans pour moi, comme rencontrer un fromage génial au rayon laiterie. Mais alors que je m'éloigne du rayon biscuits, une voix retentit dans mon dos comme un GPS plein d'entrain.

- Eh, toi, n'est-ce pas Aurore ?

Je sursaute tellement que mes cheveux pourraient concourir dans une compétition de sauts périlleux. Je me retourne, ce n'est pas l'homme du rayon biscuits mais celui-ci est largement au-dessus. Pas très grand, mais avec un charme juste incroyable armé d'un panier rempli de gourmandises. Comme s'il venait tout droit d'un film romantique, son sourire pourrait faire fondre un iceberg en moins de temps qu'il ne faut pour dire "chocolat chaud".

- Oui, c'est bien moi, déclarai-je avec un sourire qui aurait fait fondre du fudge.

Il s'approche avec l'aisance d'un chat qui sait qu'il a tous les atouts pour vous charmer.

- Je ne m'attendais pas à te voir ici. C'est une surprise plutôt agréable.

Je ris légèrement, tellement surprise par son charme. Je sens bien que j'ai un énorme sourire aux lèvres, peut-être trop !

La conversation s'engage, et on échange des rires, des anecdotes et même quelques regards complices. Je découvre qu'il s'appelle

Maël, et qu'en plus d'aimer les biscuits, il a aussi un faible pour les chocolats chauds parfumés. Une âme sœur des desserts, il n'en fallait pas plus pour que je me demande si ce n'était pas un signe cosmique.

Finalement, nous nous dirigeons vers la caisse avec nos paniers pleins de délices. Avant de se séparer, Maël plante ses yeux dans les miens et lance :

- Aurore, est-ce que ça te dirait de passer une soirée avec moi ?

C'est là que je me dis que le scénariste de ma vie est vraiment très imaginatif.

- J'aimerais ça plus que tout.
- Génial !!! Rendez-vous devant la devanture du magasin Vendredi à 20h !

Et voilà, dans un supermarché parfumé de cannelle et de bonnes vibrations, une nouvelle page se tourne dans le livre de ma vie. Une histoire d'amour naissante, avec un homme charmant qui a le potentiel de devenir mon égal en matière de jeux de mots nuls et de câlins réconfortants. La magie de Noël a frappé plus fort que le prix des produits festifs en rayon, et cette fois-ci, je suis plus que prête à me laisser emporter par le tourbillon festif et amoureux qui s'annonce.

Un prince charmant en carton

La soirée tant attendue avec Maël approche à la vitesse d'un père Noël dans une cheminée étroite. Je passe les jours précédents oscillant entre l'excitation d'un chiot devant un os et l'appréhension d'un chat devant un concombre. J'espère secrètement que cette fois-ci, la magie de Noël fonctionnera mieux pour moi que ma machine à café le matin.

Cependant, à mesure que le grand jour se rapproche, les doutes dans mon esprit prolifèrent comme des lutins indisciplinés dans un atelier du Père Noël. Une petite voix dans ma tête se met à jouer le rôle d'avocat du diable, me demandant pourquoi Maël connaissait mon prénom dès la première rencontre. Est-ce que j'ai été inscrite au programme de surveillance des amoureux potentiels sans le savoir ? On ne s'est même pas échangé nos numéros de téléphone, je suis complètement folle !!! Ceci dit, j'aime un peu tout ce mystère aussi.

Puis ça me revient, comme un éclair de génie version comédie romantique : j'avais téléchargé une application de rencontres il y a quelque temps, dans l'espoir de trouver l'amour. Peut-être que Maël avait déterré mon profil de là-bas et utilisé ces informations pour m'impressionner. Ce serait comme si le Père Noël avait utilisé mon courrier pour choisir mes cadeaux sans même me demander. L'idée me fait bouillir intérieurement plus fort que du lait pour chocolat chaud.

Et voilà le grand jour du rendez-vous. Je me prépare avec autant de soin qu'un elfe prêt à parader devant le Père Noël. Je me dis que si Maël n'est pas le prince charmant que je recherche depuis tout ce temps, au moins j'aurais l'air d'une reine en attendant.

Nous avons convenu de nous retrouver dans un café confortable en plein cœur de la ville, mais je suis tellement nerveuse que j'ai l'impression de marcher sur des boules de Noël. En arrivant, je le vois déjà assis là, sourire charmeur à l'appui. Je m'approche avec la prudence d'un renne traversant une rue animée, essayant de garder mon jeu de sourcils sous contrôle.

- Salut, Aurore, lance-t-il avec l'enthousiasme d'un lutin en plein rush de cadeaux.
- Salut, Maël, réplique-je avec la réserve d'un chat qui se demande si le sapin de Noël est un ami ou un ennemi.

Nous nous asseyons pour une conversation polie, mais il y a quelque chose de différent. Comme si le pôle Nord s'était soudain transformé en désert de glace, et que le renne le plus affectueux était devenu un chameau grognon. Je sens qu'il y a un mur invisible entre nous, un mur construit en briques de questions sans réponse. Plus du tout la même magie que lors de notre discussion devant le rayon des biscuits !

À un moment donné, je décide de plonger dans le grand mystère de ma vie et lui demande :

> - Dis-moi, Maël, comment tu savais mon prénom dès le début ?

Il semble légèrement surpris par la question, puis une lueur d'embarras apparaît dans ses yeux.

> - Eh bien... En réalité, j'ai vu ton profil sur une application de rencontres.

Mon cœur fait un bond de déception, comme un jouet de Noël qui s'emballe un peu trop. Toutes mes suspicions se confirment. Mon "prince charmant" n'était pas aussi magique que je le pensais, il avait simplement fait un peu de cyber-stalking.

> - Je voulais te parler depuis un moment, mais ne te voyant plus sur l'application, j'ai laissé tomber. Et quand je t'ai vue au supermarché, j'ai pensé que

c'était l'occasion, explique-t-il avec une voix aussi douce que des guimauves dans un chocolat chaud.

Je prends une profonde inspiration, tentant de gérer ma frustration.

- Maël, je comprends que tu voulais montrer ton intérêt, mais utiliser des informations privées sans me le dire, ce n'était pas cool. J'aurais aimé que notre rencontre soit sincère, pas comme une émission de téléréalité.

Il baisse les yeux, l'air penaud, comme un enfant pris la main dans le pot de Nutella.

- Tu as raison, Aurore. Je m'excuse vraiment. Je n'aurais pas dû agir ainsi. Je pensais que c'était une façon de te montrer que j'étais intéressé.

Je le regarde, partagée entre l'envie de fuir en courant et l'idée que peut-être, il a vraiment fait une bêtise par maladresse.

- Ok on oublie tout, Maël, dis-je enfin. Mais tu devrais savoir que la confiance est aussi précieuse que les restes de dinde après le réveillon. J'espère que nous pourrons construire quelque chose d'honnête et de sincère à partir de maintenant.

Il hoche la tête avec gratitude, les yeux pleins de promesses.

- Je ferai mieux la prochaine fois.

Alors que je le regarde, je me dis que même si cette histoire ressemble à une comédie romantique ratée, peut-être que derrière les faux pas et les quiproquos, il y a une chance de créer quelque chose de réel. Ou peut-être suis-je tout simplement en train de justifier les déceptions de ma vie amoureuse avec des métaphores de Noël. Seul le temps le dira, et d'ici là, je vais essayer de garder mes attentes aussi bas que le budget d'un film de Noël à petit budget.

Le syndrome du Prince Charmant

Le matin de Noël se lève comme un chef d'orchestre enthousiaste qui donne le coup d'envoi d'un spectacle féerique. Alors que la plupart des gens préparent leurs festivités familiales, moi, je suis là, avec un dilemme à résoudre plus complexe qu'un casse-tête de rennes. Après une série de rendez-vous décevants avec Maël, je me rends compte qu'on est plus éloignés que le Père Noël l'est de l'été. Il est grand temps de prendre une décision digne de la liste des cadeaux de Noël.

Je suis assise devant ma tasse de café comme un détective examinant des preuves cruciales. Les souvenirs de mon enfance refont surface, et je réalise que j'ai été autant influencée par les contes de fées que par ma machine à laver . Mes parents me racontaient des histoires où le prince charmant débarquait toujours avec un timing parfait pour sauver la princesse en détresse. J'ai grandi avec cette vision idéalisée de l'amour, attendant naïvement mon propre prince sur son cheval blanc (ou sa trottinette, selon les temps modernes).

Mais voilà, la réalité est comme un paquet cadeau déballé : parfois, il y a une paire de chaussettes au lieu du bijou étincelant que vous espériez. Je me demande si je ne souffre pas du "syndrome du prince charmant" à un niveau stratosphérique. Est-ce que mes attentes romantiques ont pris le dessus sur mon bon sens ? Ai-je confondu une connexion superficielle avec une histoire d'amour digne d'un roman ?

Toutes ces pensées se bousculent dans ma tête comme des lutins essayant de trouver le chemin de la cheminée. Je repense à toutes ces fois où j'ai fermé les yeux sur nos différences, comme si j'essayais de cacher des chaussettes dépareillées dans un tiroir. Je réalise que notre relation était un peu comme manger du gâteau au chocolat pour le petit-déjeuner : alléchant sur le moment, mais pas exactement ce dont j'avais besoin pour une relation équilibrée.

Une vague de tristesse mêlée d'une pincée de colère me submerge. J'en veux à mes parents d'avoir rempli ma tête de contes de fées et d'avoir laissé des attentes plus élevées que la liste au père Noël. Je réalise que ces histoires m'ont fait croire que l'amour était simple, qu'il n'y avait qu'à attendre pour que tout se mette miraculeusement en place.

Mais la vérité, c'est que l'amour demande autant de travail que de convaincre un renne de rester en place dans le traîneau. Je finis par comprendre que l'amour véritable est bien loin de l'image d'un prince sur un cheval blanc, c'est une relation basée sur la compréhension, le respect et parfois, un peu de compromis.

Avec une détermination soudaine, je me lève de ma chaise. Je prends une grande inspiration, comme si j'étais sur le point de sauter d'une étagère de Noël pour m'élancer vers un nouveau départ. Il est temps de mettre fin à cette relation naissante avec

Maël. Je ne veux pas jouer dans un conte de fées qui ne me correspond pas. J'ai des chaussettes bien plus intéressantes à suivre que cette illusion de l'amour.

Je me dirige chez Maël, avec un mélange de sérieux et de mélancolie. Je toque à la porte, prête à déclarer ma résolution.

- Maël, il faut qu'on discute, dis-je d'une voix ferme mais douce.

Maël lève les yeux de son café, un mélange de surprise et d'inquiétude sur le visage.

- Qu'est-ce qui se passe, Aurore ? demande-t-il, un peu comme un enfant pris en train de fouiller dans le stock de chocolats avant Noël.

Je baisse les yeux, rassemblant mon courage.

- Écoute, nous ne pouvons pas continuer comme ça. Nous sommes aussi compatibles qu'un bonhomme de neige en juillet. J'ai réalisé que je m'étais accrochée à une image romantique, à l'idée d'un prince charmant, au lieu de regarder la réalité en face.

Maël paraît choqué, comme si le traîneau du Père Noël s'était posé brusquement devant sa porte.

- Mais Aurore, je pensais qu'il y avait quelque chose entre nous. On a partagé des moments sympas, non ?

Je hausse les épaules, un peu comme si je secouais la neige d'un bonnet trop encombrant.

- Oui, peut-être, mais ce n'est pas suffisant. Je veux une relation basée sur une véritable connexion, pas sur des contes de fées qui se déroulent sans accroc.

Maël reste silencieux un moment, puis finit par acquiescer.

- Je comprends, Aurore. Si c'est ce que tu ressens, alors je respecte ta décision. J'espère que tu trouveras ce que tu cherches.

Je lui souris doucement, un mélange de soulagement et de tristesse.

- Merci, Maël. Et je te souhaite sincèrement de trouver quelqu'un qui partage tes valeurs.

Nous nous quittons là, chacun empruntant un chemin différent. Je me sens à la fois libérée et un peu mélancolique. Libérée d'une illusion, d'une attente irréaliste, mais mélancolique de voir cette opportunité d'amour prendre fin.

En rentrant chez moi, je réfléchis à ma situation. Je viens de vivre deux échecs consécutifs : Raphaël puis Maël ! Je décide que je ne serai plus la protagoniste d'une version bâclée de Cendrillon. Je vais me concentrer sur moi-même, sur ce que je veux, sur mes propres rêves et passions. Je vais explorer, rencontrer de nouvelles personnes, et surtout, apprendre à m'aimer moi-même. Après tout, pourquoi attendre un prince charmant quand je peux être ma propre reine ? Je vais laisser les contes de fées dans les livres et me créer ma propre histoire, une page à la fois.

Une application de rencontre

J'ai tenu mes résolutions seulement cinq minutes ! Je m'étais promis de me concentrer sur moi-même, de briser le cycle du syndrome du prince charmant et de construire ma propre histoire. Mais voilà, la solitude de cette fin d'année commence à peser lourdement sur mes épaules. Habituellement, pour les fêtes de Noël, je suis toujours entourée de ma famille, de mes parents et de ma sœur. Mais cette année, mes parents ont décidé de passer les fêtes dans la belle famille de Belle, ma sœur, et je me retrouve seule.

Je regarde autour de moi, voyant les rues illuminées et les vitrines festives. Les couples se promènent main dans la main, souriants et heureux. Une pointe de jalousie m'envahit, et je me rends compte que je n'ai pas envie de terminer cette année en mode célibataire. Je veux ressentir cette chaleur et cette connexion avec quelqu'un de spécial.

Je n'ai rien de prévu ni pour ce 24 ni pour demain. C'est alors qu'une idée me traverse l'esprit. Me remettre sur mon application de rencontre ! Je me souviens de l'une de mes amies qui avait rencontré son partenaire grâce à une application de ce genre.

Après tout, j'y ai fait tout de même de belles rencontres. Bien sûr, Raphaël ne compte pas !

Je sors mon téléphone et télécharge à nouveau l'application. Les profils défilent devant mes yeux, et je me retrouve à lire attentivement les descriptions et à regarder les photos. C'est à la fois excitant et effrayant. Est-ce que je suis prête à me relancer si rapidement dans cette aventure virtuelle ?

Après avoir parcouru quelques profils, je décide de prendre une profonde inspiration et de mettre à jour mon compte. Je choisis soigneusement mes photos et rédige une description honnête mais attrayante. Je veux me présenter telle que je suis, sans artifice ni attente irréaliste.

Le lendemain, je reçois plusieurs notifications de messages et de likes. Mon téléphone ne cesse de vibrer, et je me sens à la fois excitée et anxieuse à l'idée de reprendre contact avec le monde des rencontres en ligne.

Je prends le temps de lire chaque message attentivement. Certains sont banals, d'autres intrigants. Mais parmi tous ces profils, un attire particulièrement mon attention. C'est celui d'un certain Étienne. Sa description est sincère, sa photo est souriante, et quelque chose dans son regard m'attire.

Je décide de lui répondre, entamant ainsi une conversation fluide et intéressante. Nous partageons nos passions, nos rêves et nos expériences de vie. Chaque échange nous rapproche davantage, et je me surprends à sourire en lisant ses messages.

Après quelques jours de discussions en ligne, Étienne me propose de nous rencontrer autour d'un café. J'accepte avec enthousiasme, sachant que cette rencontre pourrait être le début d'une belle histoire ou simplement une agréable expérience.

Le jour J arrive enfin. Je me prépare avec soin, choisissant une tenue qui me met en valeur tout en restant fidèle à moi-même. Je suis nerveuse, mais l'excitation l'emporte. Je me dis que peu importe le résultat, cette expérience m'aura au moins permis de sortir de ma zone de confort.

Je me rends au café où nous avons convenu de nous retrouver. Mon cœur bat la chamade lorsque j'aperçois Étienne à une table, un sourire radieux illuminant son visage. Nous nous saluons chaleureusement, et le courant passe immédiatement.

Au fil de notre conversation, je réalise que nous avons beaucoup de points communs. Nos valeurs, nos aspirations, nos sens de l'humour se rejoignent harmonieusement. Je me sens à l'aise, en confiance, et je remarque qu'Étienne aussi semble épanoui en ma présence.

Après avoir passé un agréable moment ensemble, nous décidons de prolonger notre rencontre en nous promenant dans les rues encore décorées pour Noël. Les lumières scintillent, la magie de l'instant opère, et je me surprends à ressentir une connexion véritable avec Étienne.

Au fur et à mesure que nous nous découvrons, je réalise que cette rencontre ne ressemble en rien à mes précédentes expériences décevantes. Étienne est authentique, attentionné et respectueux. Je me sens enfin écoutée, comprise et acceptée telle que je suis.

La soirée se termine avec un échange de numéros de téléphone et un doux baiser sur la joue. Étienne me promet de me recontacter pour organiser notre prochaine rencontre. Alors que je rentre chez moi, je souris en repensant à cette journée qui a marqué un tournant dans ma vision des rencontres et de l'amour.

Peut-être que cette application de rencontre n'est pas si mal après tout. Peut-être qu'elle m'a permis de rencontrer quelqu'un de spécial, quelqu'un qui ne se cache pas derrière un écran mais qui a su toucher mon cœur. Et peut-être que cette fin d'année en mode célibataire n'est qu'une étape transitoire vers une nouvelle histoire qui s'écrira avec Étienne.

Improbable

Le 31 décembre, l'année se prépare à faire son grand saut dans le futur, et moi, je me prépare à faire un grand saut dans une soirée avec Étienne. Après tout, qui a besoin de feux d'artifice quand on peut avoir des étincelles dans les yeux ? C'est avec une excitation qui rivaliserait avec celle d'un enfant dans un magasin de bonbons que je m'apprête à vivre cette nouvelle aventure.

Ce soir, Étienne et moi avons prévu de nous retrouver pour célébrer le passage à la nouvelle année ensemble. Alors que je mets la touche finale à ma tenue — parce que, soyons honnêtes, l'année mérite une sortie en beauté —, je ne peux m'empêcher de ressentir une combinaison de nervosité et d'anticipation. Il est temps de dire au revoir à l'ancienne moi et d'accueillir la nouvelle année avec style.

Je rejoins Étienne dans un endroit qui respire la fête comme un sapin de Noël qui serait tombé dans une confiserie. La musique, les rires et les paillettes sont de la partie, comme si tout le monde avait pris un coup de baguette magique du Nouvel An. En le voyant, mon cœur se met à battre la samba dans ma poitrine, et je me sens plus joyeuse qu'une guirlande de lumières.

- Salut, Étienne ! Je suis ravie d'être ici avec toi pour cette soirée spéciale.
- Salut, Aurore ! La chance est de mon côté ce soir, c'est certain. On va rendre cette nouvelle année encore plus mémorable.

Alors que la soirée avance, nous dansons comme si nos pieds avaient été touchés par une baguette enchantée. Entre deux pas de danse, je me rends compte que la connexion entre nous est plus forte qu'un aimant à frigo. On dirait qu'on a trouvé une playlist qui nous correspond parfaitement.

- Sérieusement, Étienne, je n'ai jamais autant ri et dansé avec quelqu'un. On dirait qu'on est en phase, non ?
- Exactement, Aurore. Nous nous sommes rencontrés il y a peine quelques jours mais j'ai déjà l'impression que le DJ de ma vie a enfin trouvé la bonne chanson.

Les heures défilent plus vite qu'une fusée du Nouvel An, et il semblerait que le temps ne veuille pas nous laisser partir. Mais, à un moment donné, même la fête la plus folle doit se terminer.

- Étienne, j'ai l'impression qu'on est en train de vivre notre propre conte de fées. On dirait qu'on est fait l'un pour l'autre, non ?

- C'est exactement ce que je pense Aurore. Depuis que tu es entrée dans ma vie, je me sens comme le personnage principal d'une histoire fantastique.

Au moment où les douze coups de minuit résonnent dans l'air comme les applaudissements d'une salle comble, Étienne attrape doucement ma main, comme s'il avait trouvé le trésor le plus précieux. On lève les yeux vers les feux d'artifice qui peignent le ciel, et je me sens plus légère qu'une bulle de champagne.

- Bonne année, Étienne. Je suis tellement heureuse d'être ici avec toi, en ce moment unique.
- Bonne année, Aurore. Je souhaite que cette nouvelle année soit remplie de moments aussi merveilleux que celui-ci, passés ensemble.

Sous la pluie de confettis et les cris de joie des autres fêtards, je réalise que j'ai trouvé bien plus qu'un partenaire de fête. J'ai trouvé quelqu'un qui partage mes valeurs, mes rêves et qui ne ronfle pas trop fort pendant les marathons de films.

Cependant, une petite alarme retentit dans ma tête, comme un réveil après une nuit de fête.

- Étienne, il y a des moments où je sens que tu as quelque chose derrière la tête. Est-ce qu'il y a un secret derrière ton sourire mystérieux ?
- Oh, euh... Aurore, il y a effectivement quelque chose que je dois te dire. Mais ce n'est pas encore le bon

moment. Sache que dès que le moment sera venu, je partagerai tout avec toi. En attendant, continuons à profiter de cette soirée mémorable !

Je décide de ne pas laisser ce mystère gâcher l'instant. Après tout, ce n'est pas tous les jours qu'on peut faire une résolution du Nouvel An de trouver la vérité derrière un sourire charmeur. La nouvelle année démarre avec un énigmatique point d'interrogation, mais je suis prête à jouer les détectives avec Étienne à mes côtés. Après tout, qui a dit que les enquêtes ne pouvaient pas être aussi festives ?

Vos Voeux de Noël

Un souhait

Pourquoi faire un vœu est-il du domaine du mythe ou pourrait paraître complètement farfelu ? Comme pour un rêve, il suffit d'y croire vraiment et de tout mettre en œuvre pour y arriver. Mais encore faut-il savoir ce que l'on souhaite vraiment ? Vous avez aussi déjà certainement entendu que le fait de penser de manière positive attire le positif...

Un peu comme pour la lettre de l'univers, je vous invite dans cette partie de livre à écrire noir sur blanc quel homme vous aimeriez que le Père Noël dépose sous votre sapin. On est bien d'accord, l'homme n'est pas un objet ! Donc il n'arrivera surement pas dans un joli paquet cadeau, quoique ça pourrait être sympa ! Haha !!! Mais je suis persuadée que le fait de vous asseoir et de vraiment réfléchir à ce que vous aimeriez retrouver lors de votre prochaine rencontre, cela vous permettra de prendre du recul sur vos anciennes relations et vous permettra de laisser votre porte ouverte à l'homme qui n'attend que de pouvoir vous rencontrer. Parfois, il est difficile d'ouvrir les yeux et de se rendre compte qu'en fait il est déjà là.

Mais avant de démarrer, qu'est donc une lettre à l'univers ?

On parle avant tout de "manifestation". Elle se base sur le fait que l'univers est abondant, en constante expansion et que nous pouvons aussi avoir accès à cette abondance et cette expansion. Demande et tu recevras. Attention, chaque personne vient avec ses propres blessures, ses traumatismes, qu'ils soient générationnels, personnels ou culturels. Et on ne peut pas passer par-dessus ça. Pour manifester il faut d'abord aller voir en soi et reconnaître ce qui a besoin d'être apaisé, reconnu et guéri.

Un des principes de base de la manifestation est de profondément croire qu'on mérite ce qu'on demande. Et cette étape cruciale demande souvent beaucoup d'exploration personnelle, de pages et de pages d'écriture. C'est celle qu'on a le moins envie de faire, mais qui est la plus importante. Il faut prendre du recul avant de pouvoir avancer ! C'est comme la clé qui débloque tout le reste.

Aussi, la manifestation n'est pas instantanée. En fait, quand on est réellement prêt, c'est impressionnant à quel point ça va vite. Le point essentiel est d'avoir la patience nécessaire et l'honnêteté pour reconnaître lorsqu'on est véritablement mûr pour manifester quelque chose. Plus on déconstruit nos blocages internes, plus on se reconnecte à qui on est réellement. Et avec cette authenticité vient une magnifique clarté sur qui on est et qu'est-ce qu'on veut.

Une fois que tout est limpide, c'est le moment pour passer à l'action et faire ses demandes officielles à l'univers.

Pour une lettre à l'univers, les demandes ne concernent pas seulement le domaine amoureux. Vous pouvez écrire une lettre pour un projet professionnel, un projet immobilier etc…

Comment l'écrire ? Comme déjà évoqué, avant tout, il faut être au clair avec soi-même et ce que l'on souhaite vraiment !

Une plume

Voici ma petite liste exhaustive, en espérant qu'elle sera entendue…

Gagner au loto

Rencontrer un Prince pas trop charmant

Un grand brun, aux yeux bleus avec des taches de rousseur

Un voyageur aimant la plongée

Un gentil

Célibataire bien sûr !

Votre Plume

Oserez-vous écrire vos désirs les plus forts pour vos amours 2024 ?

"Les cadeaux d'amour et de temps sont certainement les ingrédients de base d'un vrai joyeux Noël"

Peg Bracken

Remerciements

Merci à toutes mes copines qui ont rencontré l'amour de leur vie avec une application de rencontre. Grâce à vous j'y crois toujours.

Un remerciement particulier à Emilie qui prend le temps à chaque fois de tout relire, corriger et de me faire des retours.

Merci à vous lectrices, de me suivre dans mon quotidien, et de partager avec moi vos anecdotes sur les histoires d'amour 2.0. Vous me motivez au quotidien pour continuer dans mes récits. Et aussi à m'aider à toujours croire en cette belle rencontre !

Un énorme merci à mes proches qui sont si fiers de moi avec ces nouveaux projets d'écriture. Une pensée particulière pour ma mère, c'est elle qui m'a trouvée la solution pour publier mes livres. Je vous aime à l'infini.

Et qui sait… Peut-être que la magie de Noël mettra quelqu'un de sympa sur le chemin…

Disponibles également

- **Les Tribulations d'une Parisienne Célibataire**

Après plusieurs années de célibat, il est temps de remédier à cette situation. Et quoi de mieux que les applications et sites de rencontre pour faire la belle rencontre? Dans ce livre on y retrouve toutes les anecdotes des amours 2.0

- **Bienvenue dans la Jungle des Rencontres 2.0 : petit guide survie pour les célibataires**

Un livre plein d'humour qui vous plonge dans les histoires 2.0. Qui n'est pas tombé sur un "DRH", celui qui vous fait une liste de questions interminables ? Que veut dire "Breadcrumbing"... ?

- **Recueil de Nouvelles : Des Rencontres 2.0**

6 nouvelles qui abordent les relations amoureuses 2.0. Qu'elles se finissent sur un Happy End ou pas, les applications de rencontres nous permettent parfois de faire de belles rencontres. Et d'autres fois, elles nous permettent simplement de grandir...

- **Recueil de Nouvelles : Des histoires de flocons 2.0**

4 nouvelles qui racontent 4 rencontres différentes aux quatre coins du monde… Installez-vous dans votre canapé avec votre plaid et un bon chocolat chaud… Les paysages sont glacés…

- **Recueil de Nouvelles : édition Saint-Valentin**

Il regroupe les 3 recueils existants avec 2 nouvelles inédites sur le thème de la Saint-Valentin

- **Bye Bye Trentaine !**

Tic tac… Tic tac…

Un nouveau changement de dizaine… Célibataire, pas d'enfants, un nouvel élan dans sa carrière professionnelle… Est ce qu'Anna ne serait pas en train de faire sa crise de la quarantaine alors qu'elle fête à peine ses 39 ans ?

Printed in Great Britain
by Amazon

30828587R00079